【诗词里的草木风华】

唯有梅花似故人

宋词植物记

◎冯娜……著
◎南榖小莲……绘

江西美术出版社
全国百佳出版单位

唯有梅花似故人 / 自序

距今近千年的宋朝，是中国历史上一个社会经济发达、文艺高度繁荣的时代。单是从流传于世的皇皇两万多首宋词（收录于《全宋词》）中，我们不仅可以纵览“词”这种高度成熟并辉煌于宋朝的文学样式，更可以大致领略宋人在享国三百一十九年间如何生活、如何创造生活。

“重文抑武”的时代风气大大影响了宋人的性格和生活方式，无论是帝王将相还是平民百姓，他们随时都流露出一种平和、雍容的“赏看”的心情——如同植物在季节中自然散发的气息。这是一个连帝王都热爱簪花的时代，也是一个庶民也争相植花的时代；宋朝出现了规模盛大的赏花节——“万花会”，还出现了类似《洛阳花木记》《菊谱》等这一类较为专业和全面的植物著述。可见，在宋时，人们对植物的喜爱可不是叶公好龙，那是他们生活的一部分，是他们的品味和风尚。而在宋词中，大约有163种植物进入了文人的视野，他们赋予它们情思和人格，在它们身上投射了宋人强烈的生命意识。

无论是“梅花似故人”，还是“为君小摘蜀葵黄”；无论是“折将一朵篸银瓶”，还是“浓阴春书迟”……每一种植物都仿佛是一个信使，托付着宋人的审美、志趣和情怀。如果说宋词是宋人心灵之光辉，那么植物可以说是那光辉中最活泼、最生动的影子。它们穿梭在宋人的世界里，昂扬有时，低回有时，静好有时，离乱有时，欢乐有时，哀恸有时。每一个词人的命运，每一种植物的枯荣，都像是一种生命的互文。

当我徜徉在宋词的植物世界，我时常被那“波光粼粼”打动和震颤——是的，波光粼粼，就像一个独自乘舟的人穿过时间的甬道，在浩瀚的海域，与千年前的祖先经历着相通的悲喜和宁静。那波光中有关于人世的体察，有关于人心的探问，有关于宇宙的求索，还有对植物、对万物的亲近与爱怜。

是的，植物们的呼吸在那个时代得到了最大可能的倾听，愿它们发出的回声，至今仍在你我心中共鸣。

目录

Contents

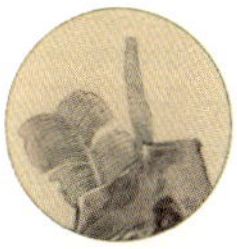

芭蕉：点滴芭蕉和雨听

芭蕉叶仿佛是一张张信笺锦帛，雨水便是离人心尖的文字，一字一句，在漫漫长夜里沉吟，寄往故土与亲人。

在众多文学作品热衷书写的植物中，其形象与其主要表征的情境、意象反差最大的，我以为芭蕉算是一种。唐代韩愈“芭蕉叶大栀子肥”，形象地说出了芭蕉叶子阔大，全身透出一股憨笨憨笨的绿意，中间那新叶卷芯也是一副嫩绿娇憨的模样，花果的结实笨重自不必说。想想看，那些心思纤细、动辄情思万千伤春悲秋的文人雅客怎么会选择这样一种大大咧咧的植物来抒发幽怨哀愁呢？——重点来了，关键是要有雨。

“芭蕉非一种，南粤竞成丛……羁旅牵愁思，秋窗夜雨中。”（宋·洪皓）“吴楚灯前侣，芭蕉海上身。凉宵知过雨，病叶与羁人。”（宋·谢翱）“芭蕉衬雨秋声动”（宋·贺铸）……南方、雨水、芭蕉、羁旅、离愁，似乎成为了古典诗词中的一种“标配”。也是，在南方的日头中，阔叶的芭蕉只能让人想到炙烤或阴凉，雨打芭蕉就不一样了，多少情思与雨水有关，雨好似一剂感情与情绪的催化剂，特别是当夜雨打在芭蕉叶上，那滴答之声仿佛时针回拨或轻叩，一声声落在无眠人的心上，一切诗的影子悄然成形，只待文人们在窗前按捺不住倾吐出那些孤寂与相思、离愁与别绪、悲苦与哀怨。芭蕉叶仿佛是一张张信笺锦帛，雨水便是离人心尖的文字，一字一句，在漫漫长夜里沉吟，寄往故土与亲人。

“何处合成愁？离人心上秋。纵芭蕉不雨也飕飕。都道晚凉天气好，有明月，怕登楼。”吴文英的《唐多令》就是这样一首典型的羁旅怀人之作。雨水暂歇的秋暮，芭蕉叶上还有些许残雨，冷风飕飕，不能登高远眺啊，月明星稀，怕怀想起故乡，我这颗游子的心啊，低回怅惘，该如何自处？古代文人有时喜欢用双关字或双关语，吴文英就将“愁”字解为“离人心上秋”，这样一来，即使没有雨打芭蕉，即使没有下阕中的花空烟水、燕辞归、垂柳行舟等物事，整个暮晚也已然浸染在浓得化不开的

愁绪当中。而这首词中的离人与其他在南方听雨打芭蕉的人所不同的是，他应该是一个北游的南方人怀想起自己故乡的芭蕉、流水、南飞燕、轻舟。这与吴文英的“南方基因”是吻合的，这位号称“词中李商隐”的浙江宁波人，一生未第，经年游幕。他的词作有的哀时伤世，有的缠绵相思，恰似他长期生活的江浙水乡，情致幽微。他的一生没有经受过政治生涯的起落，也不像普通布衣那么寂寂无名，他就像南方常绿的芭蕉，风吹雨打过，也头顶烈日，终究还是绿了一片江南。

芭蕉展绿叶也象征着时日的流转，“流光容易把人抛，红了樱桃，绿了芭蕉”（蒋捷《一剪梅·舟过吴江》），同是出生于江南水乡（今江苏宜兴）的蒋捷在新绿的芭蕉和成熟的樱桃中看到了时光流逝、春日迫切。这强烈的红绿参差对比中，是动荡的心神与春光夺目的对照。这是一首在离乱流亡中的词作，“秋娘渡与泰娘桥，风又飘飘，雨又萧萧”，风雨拍打着彷徨的流落之人，这是春色迫人的江南啊，可是何处是我的归途、何处是我的乡家？芭蕉又绿，樱桃再红，而我何时才能回到自己的家中？这两句关于自然事物的书写，看似是词人不经意抬眼所见，然而带给人的感怀不仅仅是流光把人抛，而是“国破山河在，城春草木深”的家国之叹，也是“此恨难平君知否”的痛彻心扉。这是南宋覆灭之后，深怀亡国之痛隐居不仕的“竹山先生”；这也是“少年听雨歌楼上”“壮年听雨客舟中”“而今听雨僧庐下”（《虞美人·听雨》）的词人，他在雨声中历经世事沧桑，他听懂了这雨中末世一个有气节的人的命运。芭蕉还是会展绿，樱桃也依旧年年透熟，“我”却不能回到少年、壮年时，我的家国也不能再回到“软语灯边，笑涡红透”的从前。纵有万千抱负和不甘，也只能“一任阶前，点滴到天明”。

蒋捷的词作，被古人认为是填词的法度和标准；我想不仅是因为他的题材丰富、技法高超，更在于他心性中的高贵和抱持，在于他对家国、对人世的关切。读蒋捷的词，很容易想到一个独立窗前听雨的词人形象，他目光炯炯，神情沉郁。窗外，芭蕉正承受着如注的雨水，某一刻，它托举着雨水和全部的绿意悄悄和词人融为了一体。词人应该在流亡羁旅之中看过数度芭蕉新绿；人在少年、壮年、晚年时，看到芭蕉展叶、听到雨打芭蕉又会有什么样的不同心境呢？这不与百花争妍的阔叶植物，也许才是真正可以倾心交谈的知音呢。它默默记录着时间的流逝和人们的飘零，它固守着南方的热土——在这里，人们得到过失去过的所有爱和热望。

丁香：丁香枝上千千结

想必我已经错过了雨中的丁香几百年之久。即使是戴望舒那『丁香一样结着愁怨的姑娘』也未曾从我身边错身而过。

作为一个南方人，第一次看见丁香花开是在中国北方一个校园的门口。耀眼的阳光均匀地落在一树紫雾之上，细密的花团让湛蓝的天空腾起了婆娑好看的云烟；花树底下年轻人来来往往，笑语翩然。在没有见过丁香前，我就对艾略特的诗句“四月是最残忍的季节，从荒原上长出丁香”印象颇深，可是，此时此景无法让我感到四月的残忍，也无法联想到“丁香空结雨中愁”（李璟《摊破浣溪沙》），反而感到春日之轻盈曼妙。

想必我已经错过了雨中的丁香几百年之久。即使是戴望舒那“丁香一样结着愁怨的姑娘”也未曾从我身边错身而过。一个雨水涟涟的日子，我再次去寻访丁香。凑近它圆锥状的花序，还未开放的花蕾像一个个紧握的小拳头，这就是古人所说的“丁香结”；想必荒原上的丁香要开放，这些小小的拳头需要用很大的力气才能撑开贫瘠的土地和料峭的春日吧。缀满雨滴的花枝失去了晴日里的鲜妍，白色更加苍白，紫色也不舒展，看起来有一种不胜雨打风吹的羸弱。“无意争先，梅蕊休相妒。含春雨，结愁千绪，似忆江南主。”（王十朋《点绛唇·素香丁香》）这并不争春的小小花簇，万绪千头，含着春雨含着人淡淡的愁绪与追忆。似乎有点理解为什么古人对丁香结心有戚戚了，它含蓄又敏感，心中千千结却又优柔而沉默，这真有点儿像宋人性格中阴柔的那部分呢：“无端又欲恨春风，恨不解、千千结……佳人纤手傍柔条，似不忍、轻攀折。”（韦骧《洛阳春·丁香花》）纵有胸中块垒，还是不忍亦不能。

周师厚在《洛阳花木记》中已经记载了当时的洛阳，人们用丁香来点缀园林中的假山，被称为“丁香障”。“冷艳琼为色，低枝翠作围”（洪遵《丁香》），在宋时丁香已经成为了被广泛种植和观赏的植物，宋人

比我有福多了，早就惯看丁香在晴日、在微风时、在狂风骤雨中的各种情态。然而，他们终究是钟爱雨中的丁香的，这不仅承袭了前人的“旧恨”，还有一种属于极其个人和自我的“新愁”。“倚东风、画阑十二，芳阴帘幕低护。玉屏翠冷梨花瘦，寂寞小楼烟雨。肠断处……丁香共结相思恨，空托绣罗金缕。春已暮。”（陈允平《摸鱼儿·西湖送春》）在一个物质和精神都趋于成熟的时代，人们将“游赏”和“观看”发展到了登峰造极的程度，譬如赏花、斗茶、写字作画。宋人的心智在这个时代犹如丁香的千千结，怀着各种寄望和情愫，倾力向空中打开。那些家国之叹、山河起落、命运的沉浮、际遇的跌宕，乃至一己的相思和闲愁，都在这个时代竞相绽放。宋人已经离开了血雨腥风的沙场，他们的征战是笔下的驰骋，他们是最懂得“春已暮”的人，烟雨落在丁香枝上，也落在他们丰沛的心上，以至于他们专门创造了一个词牌——“丁香结”。

“苍藓沿阶，冷萤黏屋，庭树望秋先陨。渐雨凄风迅。淡暮色，倍觉园林清润。汉姬纨扇在，重吟玩、弃掷未忍。登山临水，此恨自古，销磨不尽。”周邦彦的这阕（上阕）《丁香结》可以说代表了“丁香结”这一词牌的基调。沿着湿冷的台阶，走在暮色笼罩的园林，怀想起遥远时空中的往事，“我”是孤独的，“我”的怀古也是孤独的，“我”念及的人也是孤独的，这好比丁香虽有千结，但每一个结都是不一样的，哪怕它们相互簇拥交错，它们每一个都是孤独的。宋人词意的幽微在无数种孤独中流露出来，便是他们懂得欣赏每一种花之不同的心思，这是一个极盛尽头的朝代赋予他们的天资。

不过，宋代最著名的女词人李清照却不买丁香的账："梅蕊重重何俗甚，丁香千结苦粗生。熏透愁人千里梦，却无情。"（《摊破浣溪沙》下阕说的是，梅花和丁香虽然芳香而喜爱者众，这些都是伤春悲秋者趋之若鹜的花朵，但终不能免"俗"和"粗"。那李清照贬低梅花和丁香，为了什么呢？"揉破黄金万点轻，剪成碧玉叶层层。风度精神如彦辅，太鲜明"，原来是前面所盛赞的碧叶黄花鲜明有格的桂花。这首词读来颇有喜感，很像一个面红耳赤与人争论何种花好的女子，倒不失真趣。不过丁香苦则苦矣，其粗还可以治病呢，丁香那未展的花蕾和果实在中医药中占据着颇有分量的地位。有意思的是，不像古人在丁香上寄托的愁绪，它在现实中中和着人的脾胃，缓解呕吐和腹痛之症，是真真解人愁的良药呢。

杜鹃：杜鹃枝上杜鹃啼

杜鹃的花冠是由花簇组成的，单独的花簇微小单薄，并不具备摄人心魄的美艳，然而当整棵杜鹃树都在燃烧时，当丛丛簇簇的杜鹃花漫山开放时，你就会被它深深打动。

中国人的名字重名率颇高，且不说古今重名，就是同时代都会生活着几十个乃至上百个“张三”“李四”“王二”。姓氏换来换去无非那些，人们喜欢的、能入名的吉祥字或好听的字也难免同好。不过呢，为了辨识和区分，人们会以不同的名字命名身边的物事，梅兰竹菊各有科属，不同的科属底下则芳名无数。有意思的是，在植物界和动物界也有一个经典的“重名”事件：杜鹃。

作为鸟类的杜鹃，就是我们俗称的布谷鸟，还有别名曰杜宇、子规等；作为花名呢，则是在中国大地上烂漫了几千年的多色花灌木，有人也把它叫作映山红和山石榴。杜鹃花开的时候，也正是杜鹃鸟啼叫的春日，于是，“杜鹃枝上杜鹃啼”（陈允平《望江南》），这重名的二者经常“同框”了。民间关于杜鹃最有名的传说应是商朝时蜀王望帝，他爱护子民、治水有功，后来禅位臣子，退隐西山，他死后化为杜鹃鸟，啼声凄切，仿佛在怀念故国，声声唤着“不如归去不如归去”。与此同时，人们也认为红艳的杜鹃花乃是望帝啼血洒泪而染红的。有这样悲切的古老传说作底，历代文人关于杜鹃的吟咏，总是充满了哀切和“不如归去”的凄清，而杜鹃花和杜鹃鸟早已在人们心目中融为一道不可分割的风景。

南宋的《咸淳临安志》中曾记述了当时的杭州一带庭院中多植杜鹃以作观赏花卉：“杜鹃，钱塘门处菩提寺有此花，甚盛，苏东坡有南漪堂杜鹃诗，今堂基存，此花所在山多有之。”宋朝人爱花，已深得花之真味，“陌

上蒙蒙残絮飞，杜鹃花里杜鹃啼”（晏几道《鹧鸪天》），烟雨蒙蒙的春日正是杜鹃花开的时节，下阕再说“梅雨细，晓风微，倚楼人听欲沾衣”。轻薄的杜鹃花瓣被泠泠梅雨打湿，仿佛闲人沾湿了衣裳。正是人心春愁涌起的时候，这花恰似那雨雾中难以言喻的倦怠与思绪。杜鹃的花冠是由花簇组成的，单独的花簇微小单薄，并不具备摄人心魄的美艳，然而当整棵杜鹃树都在燃烧时，当丛丛簇簇的杜鹃花漫山开放时，你就会被它深深打动。正如人偶然的心绪，闲愁几许并不撼人，当所有悲怀慢慢堆积，便会砌起心中的一面高墙。正如康与之在《满江红》中所说的：“镇日叮咛千百遍，只将一句频频说；道不如归去、不如归，伤情切。”

伤春的人在何时最难将息？应是“杜鹃声里斜阳暮”（秦观《踏莎行》）吧，在日暮黄昏，孤馆独立，纵有花开鸟啼，只是增加人的哀愁。在文人赏看的视野中，这翠冷红斜之花，似乎跟艳阳晴日、开朗明媚不太相关，它好似在春夜里鸣啼的杜鹃，有特定的时辰。愁绪与伤怀，思归与别恨怎能由一对杜鹃双双说尽呢？而辛弃疾就是这样做的，且看他的《贺新郎·别茂嘉十二弟》：“绿树听鹈鴂，更那堪、鹧鸪声住，杜鹃声切。啼到春归无寻处，苦恨芳菲都歇。算未抵、人间离别。马上琵琶关塞黑。更长门、翠辇辞金阙。看燕燕，送归妾。　　将军百战身名裂。向河梁、回头万里，故人长绝。易水萧萧西风冷，满座衣冠似雪。正壮士、悲歌未彻。啼鸟还知如许恨，料不啼、清泪长啼血。谁共我，醉明月？”这阕题为送别自己堂弟茂嘉的词，看似没有一句跟眼前的送行有关，而是罗列了许多“别恨”的典故：望帝啼鹃、昭君出塞、陈皇后落入冷宫、春秋时的庄姜送别戴妫、汉代名将李陵兵败受降于匈奴，与故友苏武诀别、荆轲临行的歌吟……这些历史上的悲歌无不是跟国破家亡、人生的困境有关。虽然辛弃疾通篇未有对茂嘉任何惜别或劝诫之词，但这层层递进的人间恨事，足以让人感受到他内心深切的悲恨以及对古来有之之事的洞悉。最后，他笔锋一转，“谁共我，醉明月？”，纵有那么多悲恨之事在前，但还是期待茂嘉能如期归来，与我共醉，能让这人间恨事少一笔。然而，“归心千在终难白，啼血万山都是红”（真山民《杜鹃花》），杜鹃花开年年如旧，杜鹃的哀啼也从未断绝。辛弃疾的悲恨是整个人类历史的悲恨，在汩汩滔滔的历史河流，个人如杜鹃薄如羽翼的花瓣，总被雨打风吹去；而啼血的杜鹃鸟则是一种延绵不绝的寄托和后继者。

当杜鹃带着无数中国人的悲苦开到了 19 世纪，来自英国、瑞典等国的访客将它移植到了遥远的西方热土。那里的人应该不曾听闻杜鹃鸟在花丛中的鸣啼，他们也不会了解这样绚丽的花在它的故国有着怎样悲愁的寄喻。也许在那里，杜鹃们才完成了它们重名的宿命，迸发出新的生机。

桂花：兴寄小山丛桂

『人间尘外。一种寒香蕊。疑是月娥天上醉，戏把黄云挼碎。使君坐啸清江。腾芳飞誉无双。兴寄小山丛桂，诗成棐几明窗。』这是自号『芗林居士』的向子諲笔下的桂花。

2019年1月3日，中国“嫦娥四号”月球探测器在月球背面成功软着陆，这是人类第一次成功登陆月球背面。名为“玉兔二号”的月球车拍摄回来的画面让我们看到了凹凸不平的月球表面。嫦娥、玉兔——世界上只有这个古老的民族才会将自己的探月之旅作如此命名吧，然而，那布满了陨石坑的月球背面并没有一株桂树在生长，我们也早已知道祖先们仰望月亮时看到的“树影”不过是环形山的影子。然而，古老的神话传说和现代科技是如此完美地嵌合在一起，让我们仰望星空时，感受到一种由来已久而又簇新的亲近。

桂树，应该是中国传统文化中最“高端”的佳木了，它不仅在地球上芬芳，还在月中生辉。从最早写到桂树的文学作品《楚辞》开始，它就伴随着历代文人，馨香了无数个朝代。从“沛吾乘兮桂舟”到“月落珠伤，春枯桂折”；从“猎猎丹华动细风”到“此花元属玉堂仙”，历朝历代的文人不断发掘桂树新的内涵，从桂树的实用价值到全方位的审美，都寄寓了美好的情思。人们熟知的“三秋桂子”，代表了游子的心绪和乡愁；“蟾宫折桂”则是对金榜题名的祝愿；“兰桂齐芳”，是子孙昌盛的譬喻……特别是到了咏桂繁荣的宋代，桂树不仅以形象美、神韵美而被文人广泛细致地书写，此时的桂树还被赋予了人格，象征着高洁、典雅的君子之德。

桂花原产自中国的西南喜马拉雅山东段，“物之美者，招摇之桂”（《吕氏春秋》），桂花树自古就被奉为佳树，曾被作为贡品。它的民间栽培历史起于宋代，也就在此时，它走进寻常百姓家，站在文人们的窗外庭前成为他们的佳邻，“玉阶桂影秋绰约，天风为卷浮云幕”“一庭人静月当空，桂不多花细细风”……据台湾学者潘富俊统计，《全宋词》出现频率最高

的植物中桂花位居第七，写到桂的词作多达728首，可见宋代人们对桂的喜爱，不仅将它广植庭院，还热情地歌咏它、以它自比。“暗淡轻黄体性柔。情疏迹远只香留。何须浅碧深红色，自是花中第一流”，在李清照的心目中，桂花色美香怡，是花中极品，可见桂花在宋代文人心目中的地位之高。“广寒香一点，吹得满山开”“空山寻桂树，折香思故人”等大量诗词表明宋人对桂的欣赏不仅动用了眼耳鼻舌，还捧出了一颗如月华皎洁的心。难能可贵的是，宋人认为前人在桂上寄托的“功名之喻”是“儿童之见”，他们对桂的理解堪称知己般的相惜。

“人间尘外。一种寒香蕊。疑是月娥天上醉，戏把黄云挼碎。　使君坐啸清江。腾芳飞誉无双。兴寄小山丛桂，诗成棐几明窗。”这是自号“芗林居士”的向子諲笔下的桂花。黄云碎裂般的桂花应该是指丹桂了，它的香气仿佛来自遥远的月中广寒，而在“我”的寓所之处，一树树桂花次第开放，香气萦绕抚慰着心房。这不是词人的想象，而是他的真实生活的写照。向子諲曾经官至户部侍郎，在南宋初，他坚持抗金，曾于建炎三年（1129年）率潭州军民抵抗强大的金兵。后因反对与金使议和，忤秦桧意，他被迫辞居临江。他在自己的住所种植了不少桂花树，“芗林”即“香林”，也就是桂树，是他情操的向往和人格的化身。其时，向子諲因其“宏才伟绩，精忠大节”（胡寅《题酒边词》），颇有政声，在他的《清平乐·赠韩叔夏》中有这样的句子：“西垣准拟挥毫，不须苦续离骚。政看翻阶红药，无忘丛桂香醪。”对时事的忧愤，人生的转向，让他的诗词从早期的绮艳、柔婉转向了低沉、深切。他对桂花树的喜爱不但有增无减，更是从早期外在性的观赏深入到了心性与人格的连接。据说向子諲十分倾慕白居易和苏轼的人品、文品，这两位诗人也曾吟咏过桂花树，“偃蹇月中桂，结根依青天”（白居易）、“远于沉水淡于云，一段秋清孰可分”（苏轼），想必在桂花送香的时分，向子諲也找到了与他所倾慕者心灵相通的时分。

掩卷细思，也许在整个宋代，像向子諲这样的词人很多，无论他们有没有吟咏过桂花树，更不管他们会不会在不得志的时候与桂花树比邻而居，他们始终抱持着桂花树一样的操守，不愿成为黑暗的一部分。他们在月华中仰望苍穹，也许会想到那终日伐桂而无果的吴刚，这是东方式的西西弗斯，这是东方式的寓言。而无数向子諲种植着他们的桂花树，也砍伐着众多不可断绝的树木；他们蹚过了历史的月晕，有的被后世照见，而有一些，好似沉入了月球表面那些不可测的陨石坑。

海棠：辗转看花影

海棠之美，以蜀中为最，这一点陆游体会得深。直到他八十多岁高龄回想起在蜀地度过的时日，念念不忘的仍是海棠——『我初入蜀鬓未霜，南充樊亭看海棠』。

现代作家张爱玲曾说，人生有三恨：一恨海棠无香，二恨鲥鱼多刺，三恨红楼梦未完。这是一个完美主义者对三件人间美物之缺憾几乎苛求的遗恨了，不过这种遗恨并非到了现代才被张爱玲说出，比起北宋名士彭渊材，她只是轻量级的“完美主义者”，彭渊材的遗恨更多：“一恨鲥鱼多骨，二恨金橘带酸，三恨莼菜性冷，四恨海棠无香，五恨曾子固不能诗。”为何独“恨”鲥鱼、海棠……这些物事？不是因为它们有缺憾，恰是它们足够美好，接近完美。

特别是美得让人“只恐夜深花睡去”的海棠，是占尽“春色十分”的名花（管鉴《酒泉子》）。这无香的海棠到底有多美呢？姜夔说它“红妆艳色，照浣花溪影，绝代姝丽。弄轻风，摇荡满林罗绮。自然富贵天姿，都不比、等闲桃李”。陆游也有诗云：“猩红鹦绿极天巧，叠萼重跗眩朝日。”在赏花风气兴盛的宋代，人们不仅盛赞海棠花色艳而不俗、纤巧无尘，还强调了它的身姿俏丽、 浑然天成。陈思还在关于海棠的专著《海棠谱》的序言中表述了海棠的地位：“梅花占于春前，牡丹殿于春后，骚人墨客特注意焉。独海棠一种，丰姿艳质，固不在二花之下。”

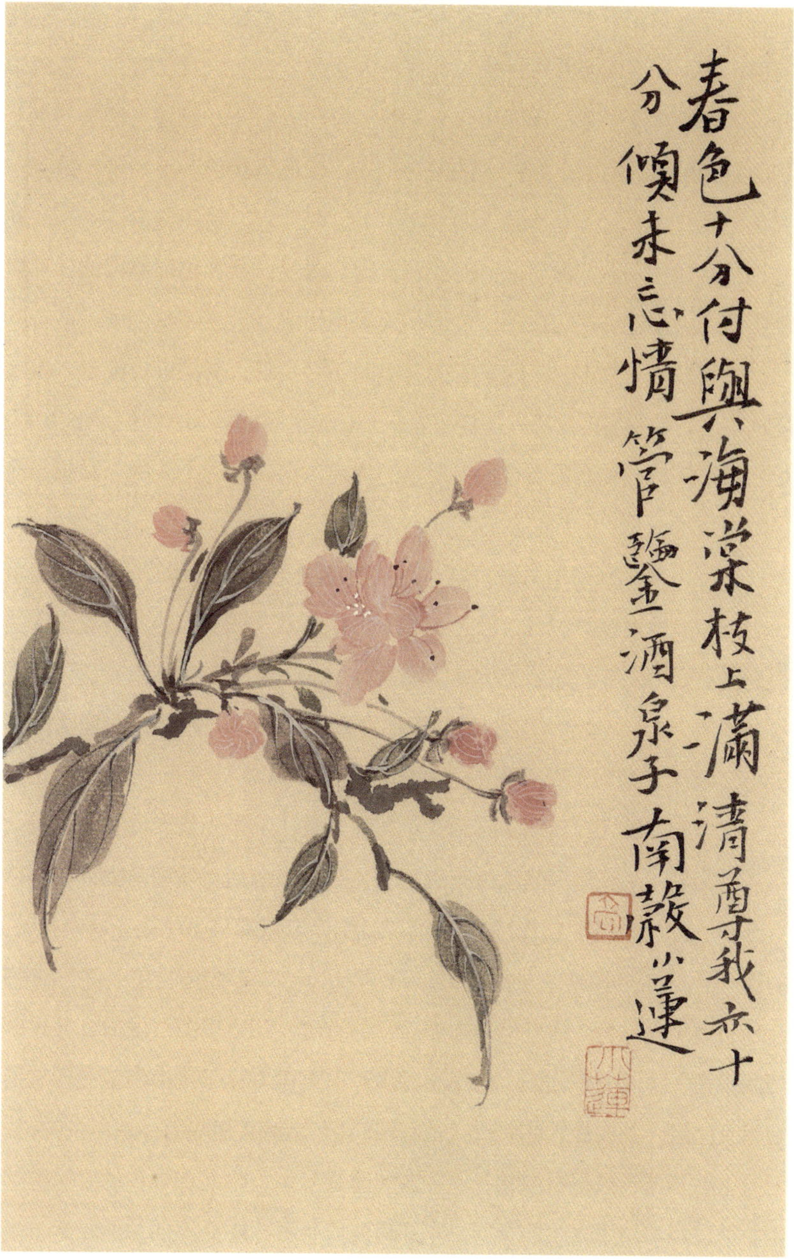

宋人赏花，不仅停留在对花卉外在的观摩，也不仅在理论上深化了对花卉的认知，比如出现了专门研究海棠的著作《海棠记》《海棠谱》，最重要的是，他们将日常生活、情思、境遇与海棠紧密联系在一起，赋予它人格、修养和与人相通的命运。

“问海棠花下，又何如、玄都观中游。叹佺巢蜀锦，常时不数，前度何稠。”（刘辰翁《八声甘州》）这是人生跌宕中的岁月之叹；“春色十分。付与海棠枝上满。清尊我亦十分倾。未忘情。”（管鉴《酒泉子》）这是韶光易逝的别恨离愁；“试问卷帘人，却道海棠依旧。知否？知否？应是绿肥红瘦。”（李清照《如梦令》）这是孤寂、惜花与自怜……海棠就这样盛开在宋人的世界，他们在春日与它对坐，凝视它那美得仿佛不属于尘世的、接近透明的花朵；他们在夜里担忧着这近乎完美之物，是否会一夜之间被上苍收走——这是宋人审美的一种心态，对接近极致者产生隐隐的忧虑，他们不再像唐人那样带着热烈的、扩张的情感；他们是低敛的、敏感的，怀着一种盛极而衰的、成熟的忧虑，借由一种个人的、冥想的途径触碰到了一朵花的核心。

海棠之美，以蜀中为最，这一点陆游体会得深。直到他 80 多岁高龄回想起在蜀地度过的时日，念念不忘的仍是海棠——“我初入蜀鬓未霜，南充樊亭看海棠”。这位被称为“海棠癫”的词人，在《剑南诗稿》中就收录了他近 50 首关于海棠的诗词。他在蜀中的心境与感怀，在蜀中的奔走与交游，亦是海棠花开花落八载的韶光。北宋乾道六年，46 岁、正值人生壮年的陆游入蜀任职。此后八年，他淡看“暄妍光景老海棠，颠风吹花满空廊”（《驿舍海棠已过有感》），有过“醉到花残呼马去，聊将侠气压春风”（《留樊亭三日王觉民检详日携酒来饮海棠下比去花亦衰矣》）的豪气洒脱，有过“鸠雨催成新绿，燕泥收尽残红。春光还与美人同”（《临江仙 • 离果州作》）惜春惜别的低回，也有过“三叠凄凉渭城曲，数枝闲淡阆中花”（《阆中作》）的驿路惆怅……再没有花朵比海棠更能代表蜀地风景与风土的旖旎、明净了，也再没有什么比海棠更能陪伴远足的陆游。“月下看荼蘼，烛下看海棠”（陆游《海棠》），想必在烛火的影影绰绰中，他已经参悟了人生的仓促，也知道这人生孤旅中并不偶然的际遇，是安慰，是提示，也是生命与生命的相互映照。

将“红酥手，黄藤酒”的凄婉爱情故事留在沈园的，同样是这位惜花人。据说陆游与唐婉分别时曾以海棠花相赠，于是，此花被称为“断肠花”。花因时而落，人因情断肠，这位对海棠花倾注了无数感情的词人永远不会知道，在数百年后，与我们毗邻的国度，有一个叫作川端康成的作家也曾在凌晨醒来，看到海棠花未眠。于是，他告诉自己：“如果一朵花很美，那么我就要活下去。”陆游抑或川端康成，这相似的东方式的断肠、东方式的物哀与慰藉，昭示着生命的脆弱与坚韧，而在花影中辗转的人，便经由花的精魂，领受着美的启迪与暗示。

荷：红藕香残玉簟秋

舟回路转于日暮的荷塘中，鸥鹭飞起，人儿微醺，仿佛一天之中最饱满、美妙的时辰。

我们身边的许多花木岁岁枯荣；每一年春风掠过，新芽抽穗，看似簇新而年轻。殊不知有很多物种在这颗星球上繁衍了成千上万年，有些比我们人类的祖先还要“年迈”呢。譬如，盛夏不可或缺之花——荷。早在5000多年前的仰韶文化遗迹（河南郑州大河村）中，人们就出土了碳化的莲子，说明那时候的人类已经采摘莲子以食用。而在距今1.35亿年前的早白垩纪化石中，我们肉眼窥见了荷花的身影。所以，人类每每赏看的花木，有很多都是穿越亿万年时空的“活化石”，它们经历了沧海桑田、星移物换，正微微笑看着我们这些新来的“地球造访者”呢。

自公元前473年吴王夫差在离宫（今苏州灵岩山）为其宠妃西施修筑“玩花池”，移栽了野生的红莲花以供赏玩开始，荷花便成为了园林、亭苑中的“宠儿”，但凡有水泽湿地处，必有荷花的倩影。荷花以它亭亭袅袅、迎风送香的绰约风姿打动着一代代的旅人过客。特别是临水照花的韵致和出尘脱俗的格调，赢得了历代文人的芳心。到了北宋，周敦颐《爱莲说》一出，奠定了莲不可撼动的高洁之花地位。而南宋的“曲院风荷”（今杭州西湖西侧），宫廷将此处辟为酒坊，湖上尽植风荷，此举更是将赏荷的情致推向了高潮。

“荷叶田田青照水，孤舟挽在花阴底”（欧阳修《渔家傲》），宋人的荷，不单是曲院风荷那般铺张、热闹的皇家风范，它们是更加日常而幽趣的，承接着“彼泽之陂，有蒲有荷”的《诗经》风度，花中不仅有流传千年的情致，拨开田田荷叶，更照见了“无好意，年年苦在中心里”的自我。花开如旧，花如其人，“花里不妨呼净友，采香须棹月明桡”（董嗣杲《荷花》），将目光更多地投向个人内心世界的宋人将荷花引为“净友”，意味着在他们心目中，荷花不仅是供人玩赏之物，更是心湖上的知音一朵；这是对荷花出淤泥而不染的品格极高的赞颂。

“重湖叠巘清嘉，有三秋桂子，十里荷花。羌管弄晴，菱歌泛夜，嬉嬉钓叟莲娃。”（柳永《望海潮》）十里荷花，从古到今，都是水乡最气派最诱人的景观。从宋人的词中我们也可以想见当时江南的富庶之地，物产丰裕、人乐年丰，一幅农耕时代的盛景图在夏日徐徐展开。农人在田间劳作，抬眼可见莲花开落自不必说，还有闲人墨客携家带口去赏荷的——“雷雨过，半川荷气，粉融香浥。弄蕊攀条春一笑，从教水溅罗衣湿”（范成大《满江红》）。可见，芙蓉出水虽不与尘土为伍，却是雅俗共赏、平易近人之花。

这样一种花，伴着船头采莲的懵懂稚子，看他们长成心事重重的成人，当他们在岁月的磨砺中跌宕浮沉、鬓发苍白垂垂老去，它还是不蔓不枝在水中央。

“常记溪亭日暮，沉醉不知归路。兴尽晚回舟，误入藕花深处。争渡，争渡，惊起一滩鸥鹭。”（李清照《如梦令》）这是意气风发青春年少，在酒酣宴乐之后的余兴。舟回路转于日暮的荷塘中，鸥鹭飞起，人儿微醺，仿佛一天之中最饱满、美妙的时辰。想必此时的李清照还带着少女的娇憨与轻快，像荷花还未绽开的骨朵般朴拙天真。这是出生于书香门第、才学兼具的女子，美好的人生开启如小荷初露。“湖上风来波浩渺，秋已暮、红稀香少。水光山色与人亲，说不尽、无穷好。　　莲子已成荷叶老，清露洗、蘋花汀草。眠沙鸥鹭不回头，似也恨、人归早。”（李清照《怨王孙》）仿佛是年少轻狂时的续篇，在暮秋清晨，词人站在水光山色处尽看荷老莲子落，她的心境虽不似年少时那么轻盈、恣肆，但纵有“恨”也不过是闲愁几许，是对岁月易逝的叹惋。此时的她，已懂得欣赏秋之况味，但还未穿越生命真正的风暴。此时的她也一定没有想到，这样“无穷好”的荷风是此后岁月中不可多得的宁静和祥和。

宋徽宗崇宁元年（1102 年）七月，李清照的父亲李格非陷入政治斗争的旋涡，李清照受到了株连。早年那种平静优渥，与夫婿赵明诚琴瑟和鸣的生活结束了，他们开始了举家颠沛流离。“红藕香残玉簟秋。轻解罗裳，独上兰舟。云中谁寄锦书来，雁字回时，月满西楼。”（李清照《一剪梅》）在与亲人的分离漂泊中，纵使残荷零落，还有家乡的音信安慰着她。“此情无计可消除，才下眉头，却上心头”的不仅是相思，还是对过往岁月的回望和乡思。然而，人生更加凛冽的寒冬在 1127 年的“靖康之变”后才拉开序幕。时年 44 岁的李清照在国破家亡的沉痛中一路向南流徙，其间的苦痛艰难对于一颗善感的心自不必说。绍兴二年（1132 年），她辗转到达了杭州，这座荷香漫溢的城池再也无法抚慰一位背负了沉重命运的词人。这位能够慷慨高歌“生当作人杰，死亦为鬼雄”的女词人，用她金石一样的心力和胸襟，在那样一个山河破碎的年代完成了“江山留与后人愁”的千古绝唱。她才是宋代那朵出淤泥而不染的莲花。在生命中的荷花开过73载后，怀着对故国和亲人的思恋，她溘然长逝，与那坚韧而质洁的花朵融为了一体。

“荷花开后西湖好，载酒来时。不用旌旗，前后红幢绿盖随。”（欧阳修《采桑子》）想必这样美好的记忆一直停留在李清照的心中，也曾无数次停留在宋人的笔触里；那风中的荷，远远近近，就是他们的家啊。

红豆：万斛相思红豆子

爱情和相思是人世不倦的主题。古有『山无棱，天地合，才敢与君绝』的决绝之爱，也有『在天愿作比翼鸟，在地愿为连理枝』的深爱与长恨。

西方世界里，红玫瑰是象征爱情的通用语，恋人们以红玫瑰相赠，红玫瑰也是婚礼或浪漫纪念日上的常客。而在中国物语中，代表爱情和相思的，则非红豆莫属。这产自中国台湾、云南、“两广”地区的果实，粒粒艳红如血，质坚如钻，不蛀不腐，与人们心中热烈、恒久的爱情理想不谋而合。特别是唐代诗人王维“此物最相思”之诗的加冕和流传，红豆无可争议地成为了中国人心中关于爱情的第一信物。

爱情和相思是人世不倦的主题。古有“山无棱，天地合，才敢与君绝”的决绝之爱，也有“在天愿作比翼鸟，在地愿为连理枝”的深爱与长恨。世间的山水草木都为爱情弯腰，到了婉丽的宋人这里，关于爱情的抒发也如红豆般变得成熟、含蓄、剔透。“罗带双垂，妙香长恁携纤手。半妆红豆。各自相思瘦”（黄庭坚《点绛唇》），“几折湘裙烟缕细，一钩罗袜素蟾弯。绿窗红豆忆前欢”（晏几道《浣溪沙》），“一点征帆，烟浪渺无津。万斛相思红豆子，凭寄与个中人”（刘过《江城子》）……毋庸多言，红豆落处，尽是相思难寄、郁郁寡欢的张望和追忆。

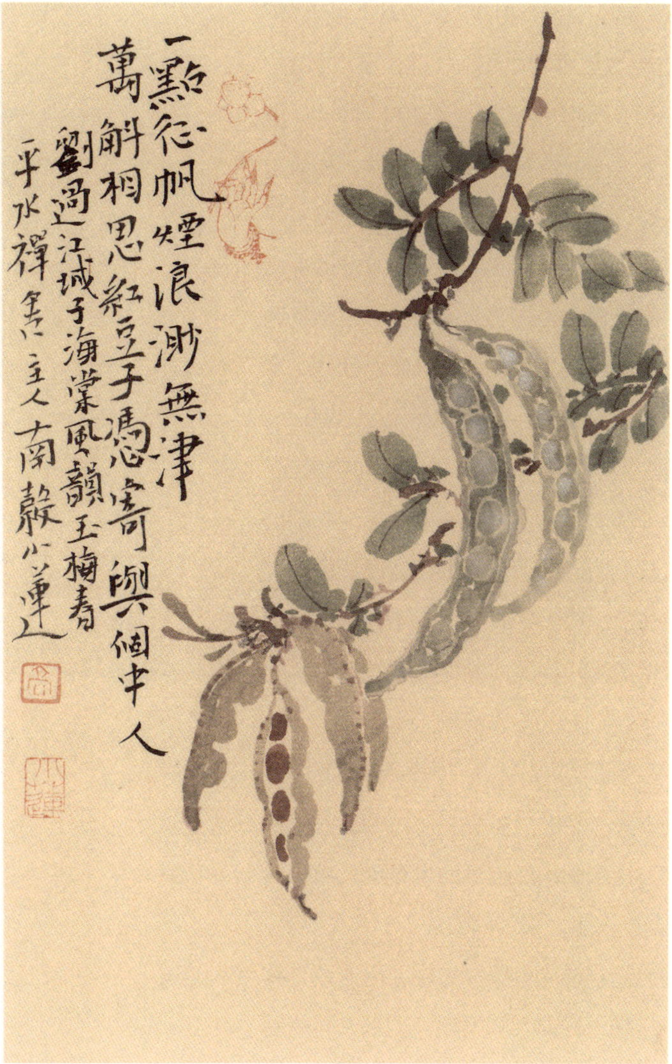

后人常将宋词分为豪放和婉约两派，其中婉约派的“重头戏”就是儿女情长，在爱情和离愁别绪中寄寓了人生的感怀和关于命运的沉思。宋人能将婉约、复杂的心事诉诸词章，一方面是文体成熟之表现，另一方面则代表着他们心智的成熟，无论是对爱情的理解还是对人心的探问。“银烛生花如红豆。这好事、而今有。夜阑人静曲屏深，借宝瑟、轻轻招手。一阵白蘋风，故灭烛、教相就。　　花带雨、冰肌香透。恨啼鸟、辘轳声晓。岸柳微风吹残酒。断肠时、至今依旧。镜中消瘦。那人知后，怕你来僝僽。”（秦观《御街行》）这是婉约派大家秦观的红豆与相思，不仅是夜深人静的怀人之作，更是人生如寄的身世之叹。纵有深情欢愉，如今楼空人瘦，这也是“浮生若梦，为欢几何”的人生遗恨、千古长问。

红豆是秦观的红豆，也是秦观的风月与聚散，是他对人生悲欢的体认和领悟。这位有430多首诗词流传于世的词人，有一半是关于爱情和风月的：

“纤云弄巧，飞星传恨，银汉迢迢暗度。金风玉露一相逢，便胜却人间无数”（《鹊桥仙》）；“自在飞花轻似梦，无边丝雨细如愁”（《浣溪沙》）；“醉漾轻舟，信流引到花深处。尘缘相误，无计花间住”（《点绛唇》）……这位宋朝的“情歌王子”可谓是写尽了人间爱情各种心绪和层次，那让人辗转难寐的情感中有红豆的艳丽和欣悦，也有红豆的微毒和芒刺，更有切肤的悲恸与无奈。这样的书写当然不会出自一个只懂流连于风月场的小文人之手。秦观的前半生依然围绕着中国历代文人“学而优则仕”的传统道路而展开，然而他屡试不第，直到36岁，才以进士的身份踏入仕途。等待他的却不是大道坦途，在错综复杂的政坛和变法中，秦观仕途不顺，一路被贬至中国版图最南端的雷州半岛。人至中年，一个词人的精神挫折必须由其他的寄托来寻求释放、缓解和升华。于是，秦观转向用笔记录下那些人生的落魄、郁郁寡欢和不得志。与此同时，他感同身受地倾听那些流落风尘女子、底层人物，他们也各有各的故事、各有各的不幸。人生的感遇、对人性的体谅、对人的同情、对情的知惜，让他的作品超越了简单的风月和浮华的情色与欲望，从而获得了红豆般的坚实品质。

元符二年（1099年），秦观似乎预感到自己人生的红豆正在凋落，他写下一首《自作挽词》。“亦无挽歌者，空有挽歌辞。”这是词人离开这个充满了爱与离乱的世界的前一年，这个长满了红豆的世界也长满了荆棘。“柔情似水，佳期如梦”，他体会过人生最极致的情爱；“雾失楼台，月迷津渡”，他也历经人世最彷徨的旅途；最后他深深知晓“山无数，乱红如雨，不记来时路”的空无孤寂。这是一代词人的挽歌，也是人间情爱的宿命：有寄望，有错付，有痛悔，也有后来者超越了时空的理解和共通——我想这就是爱，是红豆默默无语的等待，有心人也许不一定准时到来。

就像王维的红豆诗，本是送给天宝之乱之后流落江南的好友李龟年的，据说李龟年在江南每每唱起“红豆生南国，春来发几枝”，举座闻者无不动容垂泪。这是友谊吗？是爱情吗？这是相思是故国吗？我想都是的，人类的悲欢本就相同。

橘：雨压橘花香不散

最传神的是『雨压橘花』之句，说明雨水不是细雨霏霏，而是压迫着枝头的花簇，那香气在雨水中更加浓重了，仿佛化为液体溢出了形体。

说起橘花，我想很多人脑子里首先浮现的不一定是那细小洁白的伞房花序，而是它馥郁的香气。不仅是橘花，橘树的枝叶、果实的橘皮都会散发出这种芸香科植物的香气，单是用指甲掐一掐橘叶或者橘皮，都能留下清淡怡人的香味。所以，“橘花味”“橙花油”一直是各大香水香氛调子里的宠儿；这在英语中被洋气地称为“曼达宁”（Mandarin，柑和橘）的尤物，原意是“中国珍贵的柑”。确实如此，柑橘在中国的土地上生长了 4000 年有余，在公元 15、17 世纪才分别传入了葡萄牙的里斯本和美国的佛罗里达，成为了西方人的新宠。

中国人最熟悉的关于柑橘的典故也许莫过于“橘生淮南则为橘，生于淮北则为枳”，这出自《晏子春秋》的描述说明了柑橘喜欢温暖、湿润的地理环境。在我国古代江淮流域，柑橘早就是人们的“盘中餐”。

“秋食栌梨橘柚”（《周书》），“树橘柚者，食之则甘，嗅之则香”（《韩非子》），类似这样的记载同时也表明柑橘是中国温带早已普及的水果，并没有西方世界所说的那么“珍贵”。

到了宋代，不仅出现了两大柑橘生长中心——洞庭（北宋）和温州（南宋），更出现了世界第一部柑橘专著——《橘录》，这是南宋一位名叫韩彦的人在永嘉（今温州）担任知州时完成的理论著述。他不仅第一次将柑橘类果树区分为柑、橘和“橙子之属类橘者”三大类，还详尽地记录了当

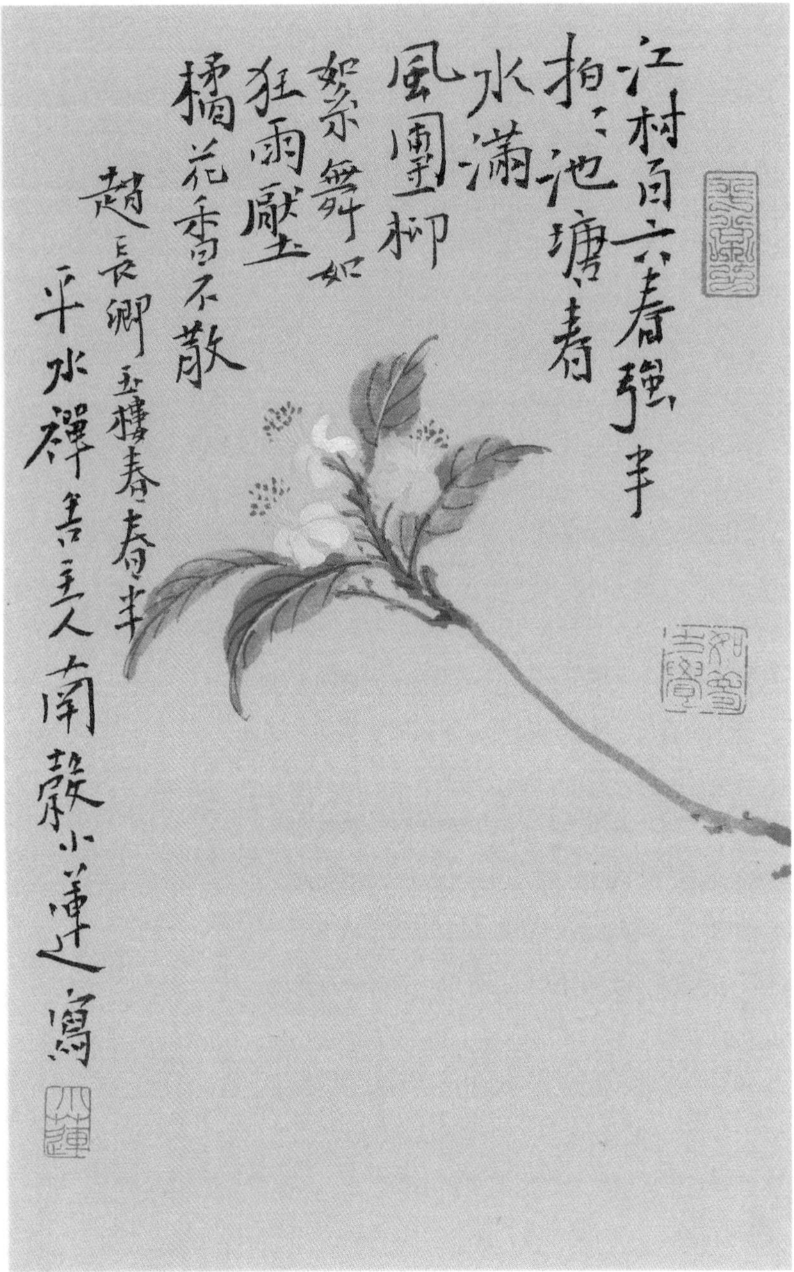

时关于柑橘种植栽培的技术。也就是在这个时候，柑橘通过嫁接已经拥有二三十个品种，无论是果实累累的秋日，人们还可以吃到逾冬而甘的“冻橘”。曾在中国南方多地任职的苏轼在《赠刘景文》中曾写道：“荷尽已无擎雨盖，菊残犹有傲霜枝。一年好景君须记，最是橙黄橘绿时。”橙黄橘绿，指的就是秋末初冬的时令，那可是一年之中的最好光景，你可不能消沉啊！柑橘之味应该不是苏轼的最爱，他要在罗浮山下夸赞荔枝好吃：“罗浮山下四时春，卢橘杨梅次第新。日啖荔枝三百颗，不辞长作岭南人。”

也是，到了宋代，柑橘这样的水果已经不再能吸引文人雅客们的味觉和眼光，但柑橘毕竟是丰裕而特别的。单是那小小的橘花就能引人遐思。“江村百六春强半。拍拍池塘春水满。风团柳絮舞如狂，雨压橘花香不散。”（赵长卿《玉楼春·春半》）说的是仲春时节，雨水迷蒙，小村池塘，还有橘园正芬芳——这是一幅在今天看去依然觉得毫不隔膜的乡村景象。最传神的是“雨压橘花”之句，说明雨水不是细雨霏霏，而是压迫着枝头的花簇，那香气在雨水中更加浓重了，仿佛化为液体溢出了形体。词中的末句“不知何事未还乡，除却青春谁作伴”，像是作者的自问。后世关于赵长卿生平记载不多，但从他的词句中可以窥见他有过橘花般清静、安谧的乡村生活，也有过远离故乡的长途跋涉。一个人在雨中怀乡时，目之所及心之所念竟是洁白、弱小的橘花，实在是让人感喟。无论是橘花勾连着童年的记忆，还是词人的自喻，可以肯定的是，在宋代，人们早已脱离了屈原在《九章·橘颂》中奠定的对橘树理想人格的塑造和歌咏。

橘花是人生寿筵的祝福与慈悲，“维舟橘花晚，雾雨暝前林”（叶适《詹鲁山解元以寿母求诗》）；橘花是对历史遗迹的喟叹，“东客从来过虎丘，橘花渡口维扁舟。阖闾宫殿不可见，但对古塔寒飕飗”（张伯玉《虎丘》）；橘花是故乡的消息和离别赠礼，“江乡橘柚花如雪，不许离人戴一枝”（周文璞《绝句》）……在宋人这里，橘花成为独立的、简淡的审美对象，与它之后饱满的果实无关，也与它之前那浩浩荡荡的家国抱负无关。读宋人诗词，跟随他们的雨水和橘花，我经常会想起德国作家黑塞的话：“如今我不再如醉如痴。也不再想将远方的美丽及自己的快乐和爱的人分享。我的心已不再是春天，我的心已是夏天。我比当年更优雅，更内敛，更深刻，更洗练，也更心存感激。我孤独，但不为寂寞所苦，我别无所求。我乐于让阳光晒熟。我的眼光满足于所见事物，我学会了看，世界变美了。”我觉得，宋人的心已经不再像唐朝时那么炫目热烈，他们已经走入橘花芬芳的盛夏，他们确实在孤独和彷徨中学会了“看”，这才是真正宋人珍贵之处。

“渐看绿叶秋来密，是爱轻花露未晞”（郑刚中《观橘花》），看那绿叶怀抱着皎洁的花朵，看那雨露催生出花香更稠密，看那橘园，正是我愿意把心安放的地方啊！

梅花：唯有梅花似故人

宋代文人气质心性最接近的是『暗香浮动，疏影横斜』的梅花，梅的素净不仅契合他们追求淡泊、自适的心境，还似一位熨帖的知己故人。

如果说“年年长占断春光”的牡丹是盛唐气象最佳的“代言人”的话，那么，我以为与宋代文人气质心性最接近的是“暗香浮动，疏影横斜”的梅花，梅的素净不仅契合他们追求淡泊、自适的心境，还似一位熨帖的知己故人。

中国人爱梅，自培栽梅花的3000多年前始，《尚书》《诗经》中就有不少关于梅花的书写，人们不仅食其果肉，还将其作为祭祀、调味、酿造和馈赠的佳品。汉朝以来，人们一边种梅一边赏梅，直至隋唐艺梅已增添了许多新品种。梅花也是历代文人笔下的“常客”。曾在杭州寄身的白居易，“三年闷闷在余杭，曾与梅花醉几场”，梅花是他身世浮沉中的知己。“君自故乡来，应知故乡事。来日绮窗前，寒梅著花未？”王维的梅花是人在异乡时的一段柔肠一份牵挂。“墙角数枝梅，凌寒独自开。遥知不是雪，为有暗香来”，王安石的梅花依然是千百年来它在霜雪中傲立的风姿。人们不仅赞叹梅花的美丽自持、歌咏其生命的坚韧，更是将梅视为知己旅伴，是人生中熨帖的际遇和相逢。在梅花陪伴中国人3000多年的光阴里，它早已不是一株植物的形象在寒风之中独自绽放，而是一位高士、一位邻人、一位诤友，与追求高洁志趣的中国文人相伴相随。

平水禪舍主人

中国梅花文化发展的一个集大成时期是宋代，可以说没有任何一个朝代像宋代那样对梅痴迷，宋代的人在种梅、赏梅、咏梅、画梅，与梅交游等方方面面都达到了登峰造极的程度。苏轼写下的关于梅花的诗词多达42首，堪称“北宋咏梅第一人”。“殷勤小梅花，仿佛吴姬面”，说的是梅花之格高颜美；“何人把酒慰深幽？开自无聊落更愁”，是梅花知我意，我愁梅更愁；“高情已逐晓云空。不与梨花同梦”，是深切的悼亡与怀思……苏轼的梅花几乎涵盖历代文人所赋予梅花的情结：佳人独立、离愁与怀人、君子之志、隐士之风。

不惟苏轼，在宋代关于梅花的诗词、绘画作品数不胜数，人们从不同角度描绘梅花，梅花似乎成了宋人表情达意、抒发胸臆、感怀身世最体己、最自然的载体。它不仅是宋朝的百花之首，更是美德、志趣、情操的化身。尤其是在“崇文抑武”的北宋时期，梅花的清净无争暗合了此时人们所推崇的恬淡、稳健、不随波逐流的人生态度。

宋人笔下的梅花，有“疏疏淡淡，问阿谁、堪比天真颜色”（辛弃疾）的清寂、疏落之美，也有“无意苦争春，一任群芳妒”（陆游）的卓尔不群，有“旧时月色。算几番照我，梅边吹笛。唤起玉人，不管清寒与攀摘”（姜夔）的幽雅清愁，也有“驿寄梅花，鱼传尺素”（秦观）的怀恋与张望。人称“梅妻鹤子”的北宋处士林逋，更是深得“疏影横斜水清浅，暗香浮动月黄昏”的隐逸情怀和寂静之心。这是一个梅花高度人格化的时期，特别是范成大关于“梅以韵胜，以格高，以横斜疏瘦与老枝怪奇者为贵”的“三贵”之说完全奠定了梅的风韵、风骨、风格三方面的至高标准。在宋代不仅是诗词中，关于梅的绘画中这“三贵”也体现得淋漓尽致。

梅花之于宋朝，犹如牡丹之于唐时洛阳，它不再是达官显贵的宫苑围栏之物，而是人人争相游赏的日常之花。宋时女子对梅花的喜爱已经发展到将梅花置于额间。相传宋武帝刘裕的女儿寿阳公主曾在正月卧于含章殿檐下，正是梅花开落的时节，殿前梅树上的一朵梅花恰巧落在她的前额上，并染出了五瓣状的梅花印。这偶然的妆点淡然雅致，引得宫中女子纷纷效仿。她们以梅花状的剪纸贴于额头或将胭脂于额头点染成梅花妆。这个妆容后来传入民间，迅速风靡，成为宋代女子争相效尤的时尚。宋朝汪藻在《醉花魄》中所写的"小舟帘隙，佳人半露梅妆额，绿云低映花如刻"，就是指梅花妆，也被人们称"寿阳妆"。在宋代，无论是文人雅士还是寻常百姓，梅花是如此可亲，仿佛带着冰雪的温度一瓣瓣飘落在额尖心上。

在众多纷乱如雪的梅花里，我常常想起李煜"砌下落梅如雪乱，拂了一身还满"（《清平乐》）之句。是什么样的人啊，怀着什么样的心事，让落梅沾满了肩膀？那诉不尽、拂不去的就是人生的遗恨吧。李煜的梅花，我觉得更加接近宋朝的心魄，比起那些明艳的春花，它学会了隐忍的顺从，它完全了解自己脱胎于什么样的岁时，那如雪乱的过往沾染着暮色，说不上消沉，但到底不属于高歌不逊的蓬勃壮年。一个时代的晚景，在一朵朵梅花中悄然来临了。

牡丹：

牡丹竟名洛阳花

在宋代文人笔下，牡丹也流露出别样的情致。『今岁花时深院，尽日东风，荡扬茶烟。但有绿苔芳草，柳絮榆钱。闻道城西，长廊古寺，甲第名园。有国艳带酒，天香染袂，为我留连。』

若说百花之中有王之威仪者，当数牡丹。“我案花品，此花第一。脱落群类，独当春日。”（唐·舒元舆《牡丹赋》）正如周敦颐所言，“自李唐来，世人甚爱牡丹”。世人爱牡丹，不仅因其花朵硕大艳丽，其富丽气象让众花失色，还在于它不惧人间威权的故事自唐来便在华夏大地上广为流传：相传中国历史上第一位女皇武则天在寒风凛冽的某个冬日想到后苑游赏，然而这个时令大地冰封、万物萧瑟，无花可赏；她便命“花须连夜发，莫待晓风催”。百花都遵从了她的意愿，竞相开放满目芳菲，只有牡丹不为所动，不吐露任何绿意。武则天见之大怒，便把牡丹谪出了当时的首都长安，赶至洛阳。从此，牡丹在洛阳开启了它“甲天下”的花王之旅。

无论是宋代张翊在《花经》中，以“九品九命升降次第”来作为评判花的标准，将牡丹列为最高的“一品九命”；还是欧阳修《洛阳牡丹记》“大抵洛人，家家有花”的记载，均可见牡丹虽于唐时便赢得人们喜爱，但其盛名真正风行于宋朝。唐时，牡丹在人们心目中不仅有“云想衣裳花想容，春风拂槛露华浓”（李白）的天香国色，也有“我是梦中传彩笔，欲书花叶寄朝云”（李商隐）的委婉绮丽。而在北宋时，“牡丹竟名洛阳花”，这意味着在洛阳，只有牡丹才可称为“花”，它的地位得到了最高推崇，迁居洛阳成就了它无可取代的花中之王的地位。

不知无论武皇贬谪牡丹的故事是否可信，牡丹的培栽中心确实自后唐

从长安转至了洛阳，也从皇家亭苑转向了寻常巷陌。特别到宋代，从周师厚的《洛阳牡丹记》《洛阳花木记》、张峋的《洛阳花谱》等专门的理论著述中可以看出，其时牡丹的培栽技术已经十分先进成熟，通过嫁接等技

术牡丹的品种在宋时已经蔚为大观。在宋代文人笔下，牡丹也流露出别样的情致。“今岁花时深院，尽日东风，轻扬茶烟。但有绿苔芳草，柳絮榆钱。闻道城西，长廊古寺，甲第名园。有国艳带酒，天香染袂，为我留连。”这是宋神宗熙宁八年（1075年）九月，初任密州知州的苏轼听闻有一枝牡丹偶然开放，于是特意置酒会客、共赏名花写下的词句。这上阕的《雨中花慢》不仅追溯了牡丹花盛的春日，“我”深锁斋院、无缘赏花的寂寥，还为我们提供了两种牡丹的品类:“国艳带酒”“天香染衣”。“国艳带酒”是指绯红色的牡丹，今名“醉杨妃”；“天香染衣”则指贡黄色的牡丹，今名“御袍黄”。看得出这两种牡丹的命名都与皇室沾亲带故，它们的花型花色也是各有其风姿，不愧是牡丹中的名品。这两种牡丹的美艳可不是苏轼独具慧眼，它们早在唐人李正持的诗句中就共吐芬芳——“国色朝酣酒，天香夜染衣”。听说那城西名苑中花团锦簇，然而清明过后，残花纷纷，只余叹惋；在这秋日却蓦然见一枝独放，让词人惊喜又感喟：“秋向晚，一枝何事，向我依然。高会聊追短景，清商不假余妍。”这是不合时而开的牡丹，是自然界的奇葩还是象征着词人的身世之叹呢？虽然错过了春日盛景，有这样一枝别样的花朵安慰我心，但是你到底是不合时宜、冒着秋风冽冽而开，肃杀的风霜并不会怜惜你的决然艳丽。于是，词人劝诫道：“不如留取，十分春态，付与明年。”不如留取自己的姿容，多加珍重静待明年春天吧。这是一种曲折的怜惜，何尝不是一种对傲然独立的秋花的敬慕与自珍？几经沉浮的诗人，早已深谙花盛的繁华、花谢的冷寂，也明了不合时而开的花注定要承受更多的风霜雪雨。好在此时的他还拥有赏花的意趣，还能在物我之间寻求宽慰与和解。

深秋的牡丹自然是独秀一枝，在南宋词人辛弃疾笔下，“去岁君家把酒杯。雪中曾见牡丹开”（《鹧鸪天·再赋牡丹》）。雪中的牡丹更是有傲骨英姿。可是，让这武则天也无可奈何的花王是如何在冰雪中吐蕊的呢？其实这在技术上是可以实现的，“朝迁进御常有应时之花，然皆藏之窖中，四周以火逼之，隆冬时即有牡丹花，计其工力，一本数十金”（《五杂俎》）。这种以火升温的催花技术在清朝时已经十分普及，名之“熏花”，在牡丹风行的宋朝想必让牡丹在风雪中竞放已经不是难题。也就是在清朝，牡丹获得了“国花”的地位。这被放逐之花的命运，这独占春日的风光，必定不属于那些垂首低眉的柔媚花木。有人笑它“堪笑牡丹如斗大，不成一事又空枝”（王溥《咏牡丹》），它却在无数空枝上开疆辟土，绚烂了一个又一个时代的风华。

芍药：芍药开残春已尽

古人的风雅，比起今天连芍药花尽都没瞅上一眼的现代人真是高出好几个段位啊。

网络时代，听说年轻人们都开始“佛系恋爱”了。窗外春色怡人，约会吗？不约也行，传情达意也可以靠网络上给对方点个外卖。要是他们的上古老祖宗听说了此景，怕是要着急上火长吁短叹了。想想两千多年前，春日缓缓的上巳节，年轻的男男女女在溱河、洧河之滨交游作乐，若是看对眼了，就以赶紧折枝芍药作为信物，“维士与女，伊其将谑，赠之以勺药”（《诗经·国风·郑风·溱洧》）。古人的风雅，比起今天连芍药花尽都没瞅上一眼的现代人真是高出好几个段位啊。

“芍药开残春已尽”（赵长卿《蝶恋花·暮春》），这被称为“殿春”的花朵，鲜妍堪比牡丹，却不与牡丹争艳，它在暮春时节施施然盛开，“独殿春光，此花开后无花了”（张炎《点绛唇·芍药》），所以芍药的美对应的是春华易逝、时日匆促。所以古人以芍药相赠，也意味着惜别依依、珍重爱怜；它也因之有一个特别的名字——将离草。芍药是我国栽种历史最悠久的花卉之一，种植历史约 5000 年之久，到了宋代，芍药栽培达到了鼎盛时期，这时不仅出现了品种繁多的芍药，还举办了最早的芍药插花展“万花会”，而且规模不小的扬州朱氏芍药园在当时颇具盛名。“洛阳牡丹，广陵芍药”，广陵就是扬州，是宋时芍药种植的胜地。

“恨春易去，甚春却向扬州住。微雨，正茧栗梢头弄诗句。红桥二十四，总是行云处。无语，渐半脱宫衣笑相顾。　金壶细叶，千朵围歌舞。谁念我、鬓成丝，来此共尊俎。后日西园，绿阴无数。寂寞刘郎，自修花谱。”（姜夔《侧犯·咏芍药》）宁宗嘉泰二年（1202 年），姜夔再过扬州，暮春芍药正盛，游人如织，花团锦簇，满城歌舞，“我”已是两鬓霜白，仍愿在这寂寞繁华的人群中默默为芍药编修花谱。这是词人人过中年之后的感怀，它是一种繁华落尽的本真和略带疲惫的沉稳、朴素。

要想到，就在20多年前，姜夔也曾游历扬州城，同样是二十四桥，同样是红药生发，但词人发出的是“波心荡、冷月无声”（《扬州慢》）的悲切之音。那是宋孝宗淳熙三年(1176年)冬，这片因金兵南侵而萧索的土地，“废池乔木，犹厌言兵。渐黄昏，清角吹冷，都在空城”（《扬州慢》）。这满目的疮痍，是战争带给人们的创痛。“念桥边红药，年年知为谁生”（《扬州慢》），这“春风十里扬州路”（杜牧《赠别》）上，芍药年年繁茂，它为谁而开呢？纵使内心深情，又将赋予谁呢？这是一位20多岁的年轻人对着破碎山河发出的悲愤之问，他在序中交代了这“黍离之悲”的来由。这该是停格在记忆中红药花盛、青楼梦好的江南，却如此荒凉哀戚。当芍药花又开过了20多载，扬州景致在姜夔眼中显现了他想象中的部分风姿，一位感时忧世的词人，在历经了多年漂泊羁旅之后，他看到的芍药，与20多年前怀想中的风华一定大不相同。

姜夔的一生，犹如芍药的一生。他幼年时期也想如牡丹般出类拔萃、众人瞩目，他积极入仕，却屡试不第，终生转徙于江湖。然而他心怀家国，才华横溢，交游甚广，在仕途不及的“偏安之处”悄然绽放。然而，不像芍药那样被现世的人簇拥赞叹，直到姜夔去世时他还一贫如洗，最后倚靠朋友的捐助，才勉强葬于杭州钱塘门外的西马塍。不知今日是否还可以寻觅到词人的魂归处，他的坟前是否有人植花一株呢？如果有，我觉得应该是芍药吧，那在春暮中冷艳无声的花，可能安慰一颗从青春到暮年都在漂泊的心？是他将芍药之名与扬州这座城市紧紧联系在一起，也是他，将扬州的风致系在了红药明月之间；兴衰荣辱，花开花谢，扬州因芍药一直如此浪漫而多情。他曾在《疏影》中写过“想佩环、月夜归来，化作此花幽独”，这是写给梅花的书信，而我却时常以为这也是芍药的魂魄，此花虽艳丽热闹，它的心却冷寂幽独，它在季节最鼎盛的时分，唱出了最动人的颂词和挽歌。

姜夔的心情，宋人的词意，也便是如此。他们体味过了繁华，目睹过衰亡，他们葆有青春壮怀激烈处的诚挚，也能承受世事无常的冷寂和孤独。当赏花人散尽，当生命的尽头犹如春的落幕，他们还能以老迈之手折一枝芍药相赠。只是，他们不知道，那些芍药般美好的词句，要经由无数座二十四桥、无数次明月升落，才抵达那个后来的，却未改前世的扬州。

石榴：石榴一树浸溪红

『画戟游闲刀入鞘。安石榴花，影落红栏小。』

中国民间关于“花神”的传说纷纭，但大多花神都是女性形象，如梅花花神寿阳公主、梨花花神虢国夫人。大概是因为花之娇美、温婉与女性气质脉脉相通。不过也有例外，五月的石榴花神就是铁面虬髯、相貌奇丑的钟馗。这是传说中的驱鬼逐邪之神，在石榴花盛的时节，正是瘟疫易肆的炎炎盛夏，所以耳边插一朵石榴花的钟馗就是镇宅赐福的善神。

“画戟斿闲刀入鞘。安石榴花，影落红栏小。”（张孝祥《蝶恋花·送刘恭父》）这被称为“安石榴”的波斯（今伊朗一带）来客，是张骞出使西域时从安石国带回的物种。由于花色艳丽、果实艳丽，它在中国民间颇有“人缘”。“榴花攘瘟剪五毒”，人们不仅视其花为驱邪除恶的佳物，还将其果视为“吉祥果”，其象征多子多福、长寿吉祥等。

到了宋时，张翊在其《花经》中将石榴花纳入“五品五命”，这意味着到了宋代，石榴不再是王公贵族才能欣赏到的外来珍稀树种，它已广泛根植于人们的日常生活。早在隋唐时期，石榴种植在中国已经得到普及，到了宋代“山僻谁家绿树中，短墙半露石榴红”（戴石屏《村居》），可见，就是偏僻村寨都有石榴树的绿荫覆盖，石榴花成为了家常、应节的世俗之花。当时端午节的插花、中秋节的果盘中，石榴花和石榴是最寻常不过的物什。“良辰好，榴花照眼，绿柳隐啼莺……椿难老，年年今日，论报祝长生。”（王之道《满庭芳·代人上高太尉，时在太学》）在喜庆的祝词中，我们也看到了石榴花的丽颜。

“石榴一树浸溪红。零落小桥东。五日凄凉心事，山雨打船篷。谙世味，楚人弓。莫忡忡。白头行客，不采蘋花，孤负薰风。”（姜夔《诉衷情·端午宿合路》）这是词人在端午时节路过江浙一带，石榴花红，小桥流水，而在孤零零的乌篷船上雨水延绵不休。“我”已是这天地间白头的远行客，同样的时令相似的景致，身世的感怀、缱绻的心事都付与流水蘋花。“楚人弓”是一个讲述楚王外出打猎把精美的弓弄丢了的典故。楚王的随从要去寻找这把弓，楚王却认为一把弓而已，在楚国地界上，捡到的人也必定是楚国人，所以丢了又有何妨呢？失之淡然，这是词人对自我的开解，也是与漂泊生涯的和解。石榴殷红，绿树村边绕，这陌生的村落中必定有忙着端午裹粽的人家，这让行人过客感到安慰亦有伤怀。石榴树下有人家，虽如楚王所说的在同一片土地上，但这毕竟不是自己的家啊。而那些有家却无着的闺阁落寞又是什么样子呢？——“帘外谁来推绣户，枉教人、梦断瑶台曲。又却是，风敲竹。石榴半吐红巾蹙。待浮花、浪蕊都尽，伴君幽独。”（苏轼《贺新郎·夏景》）窗外是同样的石榴红，这身陷孤寂的美人芳心错付，只剩下“共粉泪，两簌簌”。

宋时，抒写闺阁幽怨的词作占据了婉约词的极大篇幅，词中主角通常是一个深闺落寞的佳丽，她以自怜自伤的口吻诉说着芳华易逝、遇人不淑、时运不济等哀伤怨尤。这些词伤春悲秋缠绵曲折，很难想象绝大部分出自男性文人之手。然而，这些低回哀戚的“佳丽”常常是词作者们的自比，他们在人世中辗转，有姜夔一样怀才不遇的愤懑，也有苏轼一样屡经挫折的感喟，亦有“垂杨影里残红。甚匆匆。只有榴花、全不怨东风。暮雨急。晓鸦湿。绿玲珑。比似茜裙初染、一般同”（刘铉《乌夜啼·石榴》）的岁时之叹。无论是以榴花计时的农耕时代，还是石榴果实反季节出现的今日，人们面对时间流转的心情是一致的；多少梦想多少渴望多少情意，都在岁月中纷散。毋宁说宋词中的感伤是世事无常的感伤，不如说它是对时间长久的凝视，这凝视中包含着对瞬间与永恒的洞悉，包含着对命运的困惑和追问，更是包含着人对自我与他者的理解和感同身受。所以词人们在孤寂漂泊中总将自己比作那空闺中的零落女，“石榴花下薄罗衣”（刘

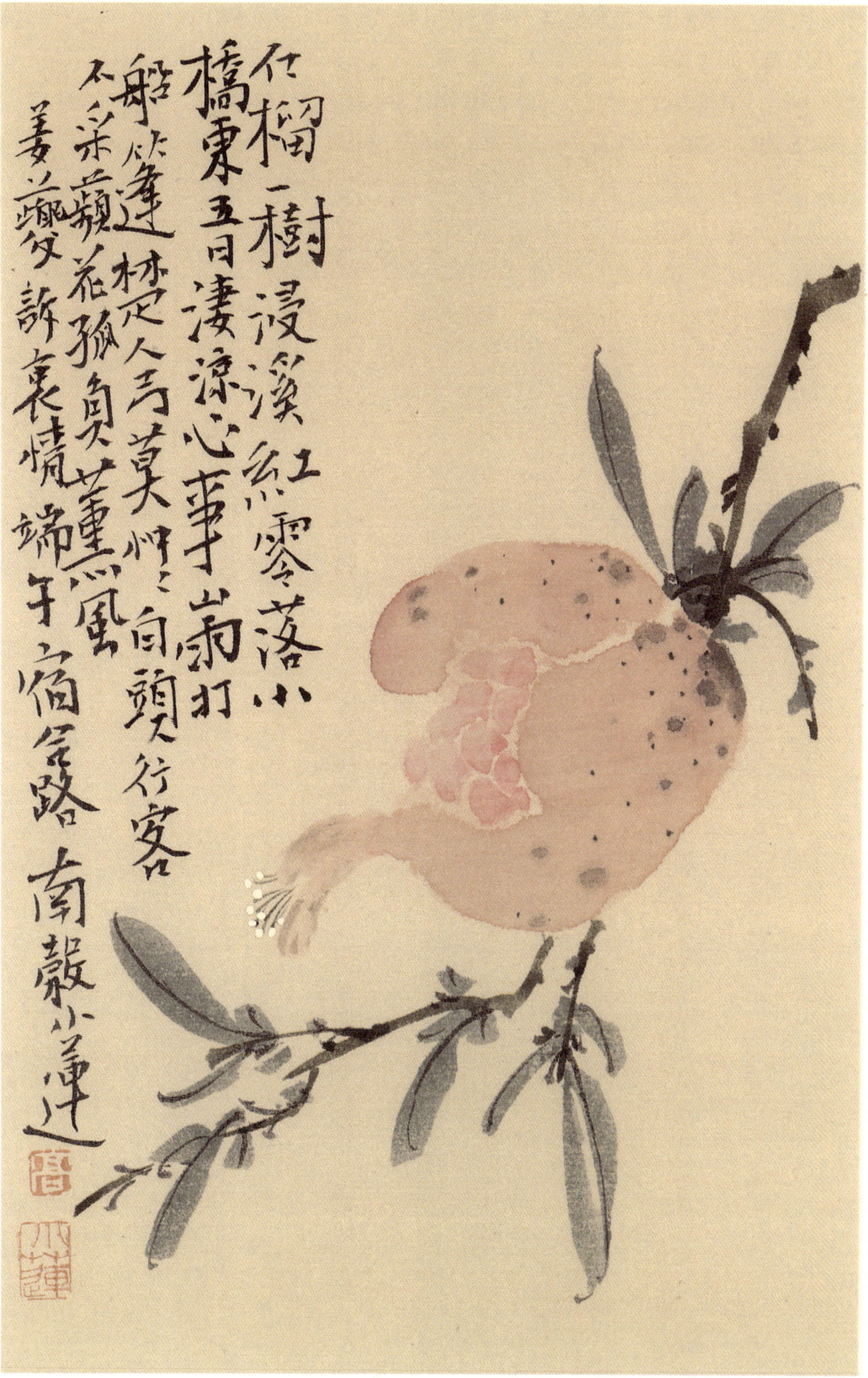

铉《少年游·石榴花下薄罗衣》)的裙裾就是那《琵琶行》中沿袭而来的“血色罗裙”吧？那曾醉倒石榴裙下的人，有过痴爱有过欢笑，但彩云易碎琉璃散，谁又不是谁的过客呢？宋人的词意便深刻表达着他们对人世兴亡、人间聚散悲欢的体认，“前殿群臣深殿女。赭袍一点万红巾。莫问兴亡今几主。听取。花前毛羽已羞人”(辛弃疾《定风波·再用韵和赵晋臣敷文》)。

这样的体认，让后人在读宋词时能感到宋人的心跳，能感到他们心智的成熟。这种成熟就像石榴果实的晶莹，它是光阴施洗过的生命丰盈之征，也是盛极而衰的前兆。正如我曾在一首诗中写过，“果实带给人安慰，让人忘记事实上这是另一种衰老”。或者，当时的词人们早已预感到，那村村寨寨石榴花开的平静、安定背后正酝酿着一个时代的风雨。

水仙：水沉为骨玉为肌

宋人爱花，不仅观其形赏其味，更注重花的神韵格调，并赋予它们人格化的品质。

小时候受希腊神话影响至深，看到水仙，总会联想起那个在水边对着自己的影子自怜自恋，最后化为水中花的美男子纳西索斯（Narcissus）。殊不知，在中国，这种花卉已有1000多年的栽培历史。唐时从意大利引进的水仙，是法国多花水仙的变种，这种“摘之水器中，经年不萎”的植物自从进入中国人的视野，便迅速赢得了人们的喜爱。

“凌波仙子生尘袜，水上轻盈步微月”（黄庭坚《王充道送水仙花五十枝，欣然会心，为之作咏》）；“仙人缃色裘，缟衣以裼之。青帨纷委地，独立东风时”（陈与义《咏水仙花五韵》）。区别于西方世界对水仙拟人的幻化与想象，在东方式的审美里，最接近水仙的文学形象应该是曹植笔下的洛神。虽然在曹植的时代潇潇湘水之滨还没有出现水仙的影踪，但他所描述的“体迅飞凫，飘忽若神，凌波微步，罗袜生尘……转眄流精，光润玉颜。含辞未吐，气若幽兰”分明就是水仙一样的女子和幻影。几百年后的文人，在面对水仙花轻盈的身姿时感应到了洛神的气息：

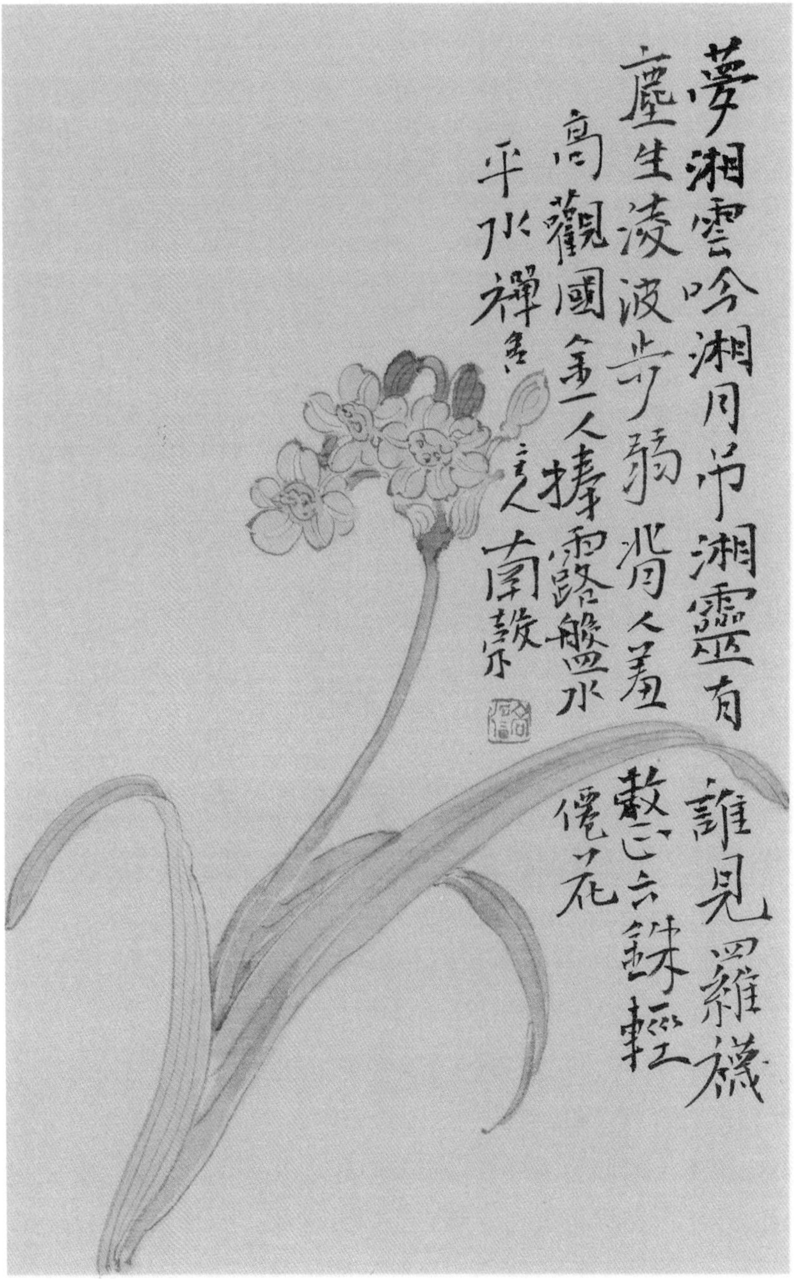

“梦湘云，吟湘月，吊湘灵。有谁见、罗袜尘生。凌波步弱，背人羞整六铢轻。”（高观国《金人捧露盘·水仙花》）再没有比“翠袖黄冠白玉英”（朱熹）这么具象的存在更能物化那个从魏晋延绵而来的幻梦了，这是活脱脱的“洛神”，是缥缈相传的“魅影”有了确凿的形体。

根据许伯卿先生的统计，《全宋词》中共收录了咏水仙花词 35 首，次于梅、桂、荷等宋时常见花卉排到了第 11 位。一种新兴的外来花卉占据了这么庞大的篇幅，我想不仅仅因为它的“美貌”和失散已久的“洛神基因”，更重要是它的“花品”契合了宋人的心性。

宋人爱花，不仅观其形赏其味，更注重花的神韵格调，并赋予它们人格化的品质。张敏叔的以十二花为十二客、姚伯声花品“三十客”等说法，就是典型的宋人评花方式。这种已成名目体系的“花品”之说，凝结了宋代士大夫的“玩物”志趣，同时奠定了花木的雅俗尊卑。

水仙虽“入主”中国于唐时，但以其形貌与格调注定了它必将盛于宋时。“前年海角今天涯，有恨无愁闲叹嗟。枉是凉州女端正，一生不识水仙。”（晁说之《四明岁晚水仙花盛开，今在鄜州辄思之，此花清香异常，妇人戴之可留之日为多》）说的是诗人回忆当时宁波一带女子纷纷以水仙花簪发的情景。北宋时，水仙主要分布于荆州、襄阳、许昌、洛阳和当时的京城开封等地；如晁说之诗中所述，南宋时水仙种植传播到苏浙等南方沿海地区，而都城临安和闽北一带成为了花卉种植的核心地带。“空江浪阔。清尘凝、层层刻碎冰叶。水边照影，华裾曳翠，露搔泪湿。湘烟暮合。□尘袜、凌波半涉。怕临风、□欺瘦骨，护冷素衣叠。”（吴文英《凄凉犯·重台水仙》）这河水之滨的水仙，如湘水女神超凡脱俗，临风而立。黄昏水寒，词人生出了怜香惜玉之情，下阕中“汜人最苦，粉痕深、几重愁靥”这种临花伤感之情更甚。与喜爱牡丹那样富丽花卉的唐人不同，宋人的心是细腻敏感的。社会生活的世俗化，精英阶层的士大夫化以及“内视”的理性平和，使宋代文化迥异于汉唐的气势凌越和情绪浓郁、外向，宋人所秉持的是一种格调清雅、平和淡然的时代风格。从赏花一脉来看，宋人看重花卉“清净”“贞洁”的品格，像水仙这样意境清幽、习性别致、色调淡雅的花卉仿佛“应运而生”，来到宋人的水畔。如吴文英笔下的水仙，那是美人绝尘的譬喻，更是对自我内心的观照，其中不乏自怜自伤，但绝不像希腊神话中因自恋而溺亡的纳西索斯。

没想到到了中国的宋代，水仙的面影仿佛与希腊神话中的美少年有了某种重叠：它们都直面了人的忧伤和脆弱，它们放任了私己的沉溺，仿佛认定了“美”就是归宿。“凌波仙子生尘袜，水上轻盈步微月。是谁招此断肠魂，种作寒花寄愁绝。含香体素欲倾城，山矾是弟梅是兄。坐对真成被花恼，出门一笑大江横”，黄庭坚寓居荆州时已天命之年，他曾写下多首关于水仙的诗词，以此首《王充道送水仙花五十枝，欣然会心，为之作咏》最为著称。这神形俱美的水仙，就在我的眼前，我已为它倾倒、为它所惑。然而，我不愿受梏于这样的烦恼，决定仰天大笑出门去。这末句的转折正是黄庭坚的妙笔与心气，却也恰是水仙被奉为“岁朝清供”的另一重品格。它总是在寒天残冬吐露清芬，这“水沉为骨玉为肌”“只比寒梅无好枝”（黄庭坚《次韵中玉水仙花》）的花枝，确实美出了境界美到了极致，那些本身怀抱着美的人必定要为之流连，甚至抱影而终。

松：壑底松风静

『长松荫禅宇，柯叶何橚椮。清荫一披拂，奏作绿绮琴。』

世间草木花卉，都有其特定的地理“属地”，还有人类赋予它们的“人文空间”。莲花摇曳于江南水泽，杏花是俗常村头的春色；有些花木属于庭院，如凌霄、栀子、月季……有些属于旷野，苍耳、飞蓬、山栗树……有些树则注定属于高峻的山冈，譬如松树。

从《论语·子罕》中孔子盛赞“岁寒然后知松柏之后凋也”开始，松柏之姿就巍巍立于中国文人的心中。松柏以其耐寒、质坚、常青等特性成为了历代文人追随的一种“心象”，另一个理想的“我”。特别到了宋代，文人雅士将松、竹、梅并列，称为“岁寒三友”。南宋葛立方《满庭芳·和催梅》中云：“梅花，君自看，丁香已白，桃脸将红，结岁寒三友，久迟筠松。”

“梅下寻诗骑马滑，松梢索酒倚楼寒”（范成大《大雪书怀》），松柏似乎只有与雪意相连，方能显出它高洁、隐忍的君子之姿，而那傲雪的身影总是在荒凉的驿路、冷峻的山峰、人烟微茫的旷野。在那些远离市声的地方，松静静安慰着行者。

平水禪客
南龕小蓮

不过松也并总是这样挨冻扛霜、“苦大仇深”的形象，它为何能与宋人为友，正是因为他们能对坐、倾谈。“涧下水声寒，壑底松风静。时有清香度竹来，步月寻疏影。”（陈三聘《卜算子》），“壑底松风静”应该是最符合文人隐逸志趣的情境了，山壑之间，松柏苍苍，风声盘旋，仿佛人心中郁结也可以被这松涛吹散——这是松树的另一个迷人之处，当有风掠过，枝叶幢幢如波涛涌动，这被称为“松涛”的声响仿佛一种回声或应答，就像一位等待已久的老友在问候你，让人独自置身其中也不感到孤单。松风阴凉的该是夏季吧？在松林间、沟壑边乘凉或雅集，是多么惬意之事！“长松荫禅宇，柯叶何棣椮。清荫一披拂，奏作绿绮琴。”（董天吉《永庆寺松风亭》）一长松、一张琴、几闲人，在树荫下弹琴作乐，这样的场景不觉让人联想起宋画中著名的《听琴图》。相传这是宋徽宗自己提笔画下的与其臣蔡京、童贯雅集之事，画上题诗有“松间疑有人松风”之句。画面上，这位笃信道教的皇帝将自己打扮成一位道士模样，在他弹琴的身后正是一棵虬曲的老松——在中国画中松树可谓是担纲了独木成景的重要角色，松树的古意、苍劲、雅致与高格都成就了中国画中雄浑的背景与地理空间，这也是中国文人的心中沟壑与松声，它们指向崇山峻岭，也指向高远、辽阔的未知之地。

记得少年时随父亲去拜访一位远房亲戚，当时交通不便，有一段山路要步行。整个小山坡被密集的松树覆盖，月光悉悉索索照在松针掉落的小路上，无来由地想起了苏轼的一句词——“明月夜，短松冈”。那时候我太小，只会背诵这首词，只能从偶然遭逢的情境与那短促的词意里感到阵阵松声中的冷清与寂然。当我成年，走过无数松亭、山冈之后，我感到再也没有比《江城子·乙卯正月二十日夜记梦》更让人心碎的梦了。“十年生死两茫茫，不思量，自难忘。千里孤坟，无处话凄凉。纵使相逢应不识，尘满面，鬓如霜。　　夜来幽梦忽还乡，小轩窗，正梳妆。相顾无言，惟有泪千行。料得年年肠断处，明月夜，短松冈。”在那山冈上，等待我的不是故友也不是与我相依相伴的爱侣，而是与我阴阳相隔已十载的妻。那山冈上，是你被松树环抱、被明月笼罩的坟茔，你我生死永诀，我只能在梦中再次看到你在窗前梳妆的容颜，在梦中你为何只默默看着我？你是否已经不认识我了啊，十年已过，我已经尘埃满面鬓发如霜，在你的记忆里保存的是否还是我年轻时的模样？我不愿醒来啊，醒来只有空望那松冈，松林还是苍翠如我心上淤积的青苔，纵有千行泪无处洒。

如今，我年逾而立，已经体会过生死永不能相见的沉痛。每次重读苏轼这首《江城子》，内心的“松”与“月”就会堆积得更深一些。中国人心里，松柏也含有忠贞、久长、寿筵的寓意。埋骨于松树底下的人，可能听到生者的怀念呢，可能感受到生者那再无可投递的深情呢？也许松涛伴着明月，正是他们的回答吧。

“松冈避暑。茅檐避雨。闲去闲来几度。醉扶孤石看飞泉，又却是、前回醒处。”（辛弃疾《鹊桥仙·己酉山行书所见》）已到天命之年的辛弃疾，罢官后寓居江西灵山一带。他避暑听风的山冈也有松林，想必也有坟茔。他也有梦碎梦醒的时刻，他也有过生离死别，在人生的彷徨和悲痛中，他是否静静伫立于松树下？他可会感到那孤松就是他自己？

那松林，就是他们一生中命运的暗示与牵挂。就像近千年后，我，一个后来者望见他们的松冈，想起自己幼年时穿过的夜路，仿佛听见了千年前同样的松涛。它们高高低低，诉说着生死别离，又沉默着，与那所爱者，泪眼相看。

梧桐：拣尽寒枝不肯栖

梧桐，这最先感受到秋意的植物，想必也是最能在秋风中保全自我高格的良木，它站在残月的淡淡光晕之中，又会给人怎样的启示和安慰呢？

在中国文人那里，最能彰显秋之节气的植物，我想应是梧桐。也许有人要说应是“季秋之月，鞠有黄华”（《礼记·月令》）中所说的菊花，也会有人说是“枫叶荻花秋瑟瑟”中的红叶和白花，然而“见一叶落而知岁之将暮”（《淮南子》）、“一叶落而知天下秋”（《太平御览》）者乃梧桐是也。最先感受到秋意而落叶的就是曾在《诗经》中被奉为良木的梧桐了。“凤凰鸣矣，于彼高冈。梧桐生矣，于彼朝阳。菶菶萋萋，雍雍喈喈。”良禽择木而栖，凤非梧桐不落。《诗经》以凤凰来栖奠定了梧桐独立、高大、威仪的地位，它似乎是生长在高不可攀的山巅，与凡人隔着凤凰的羽翼。

然而，由梧桐叶落来传达秋声体会秋意，又让梧桐从高山迁徙到人们的窗前路旁，变得体己、亲近，是后代文人反复书写和挪移所致。特别是到了人们对生命中的“秋意”体会深刻的宋代，“梧桐细雨”仿佛成了宋代词人述怀时的一个不可或缺的“信使”或“灵媒”。元丰五年，苏轼因乌台诗案被贬黄州，他在定慧院寓居时，写下了“缺月挂疏桐，漏断人初静。……拣尽寒枝不肯栖，寂寞沙洲冷”。夜深人静，在这寂寞陌生之地，“我”就是那疏桐寒枝中飞来飞去不肯栖息、无法栖息的孤鸿啊！又一次贬谪漂泊，仿佛生命中又一个冷秋，“惊起却回头，有恨无人省”，胸中的积郁、流离的孤清、未酬的壮志又与何人说呢？只有那疏落孤高的梧桐陪伴着“我”。梧桐，这最先感受到秋意的植物，想必也是最能在秋风中保全自我高格的良木，它站在残月的淡淡光晕之中，又会给人怎样的启示和安慰呢？这不是苏轼第一次静对梧桐，也不是他最后一次面对霜风。年近花甲的苏轼与被贬谪至汝州的弟弟苏辙告别时，也写过梧桐，“庭下梧桐树，三年三见汝。前年适汝阴，见汝鸣秋雨”“起折梧桐枝，赠汝千里行”（《东府雨中别子由》）。梧桐相赠，是惜别更是无奈之中的寄望吧，愿雨落梧桐的清音能如兄弟之间的倾谈，纵使相隔万里犹在耳畔。

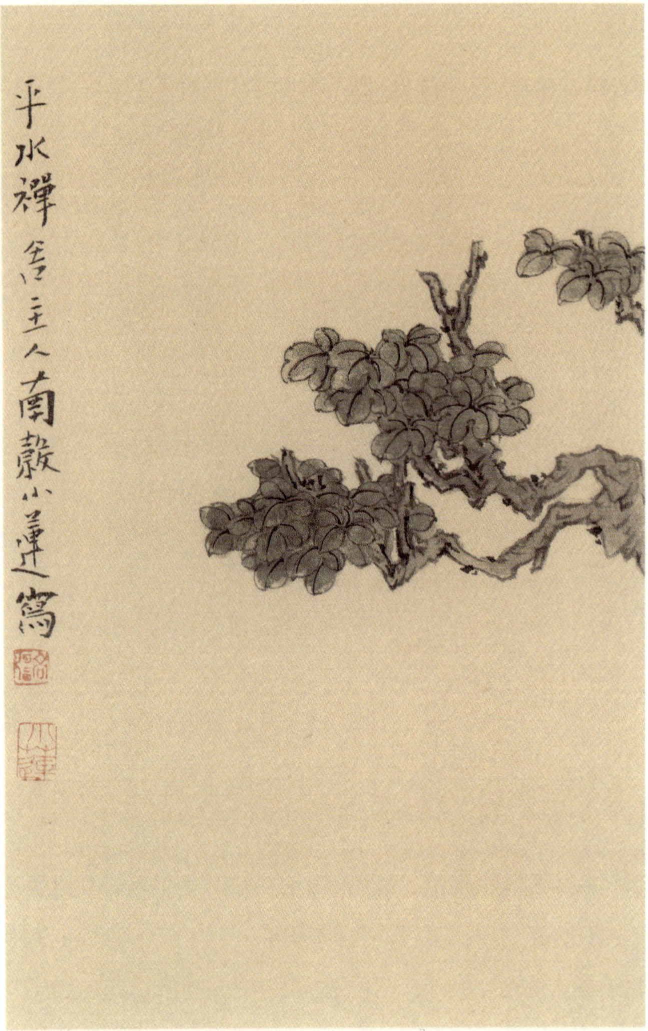

较之“梧桐叶上三更雨，惊破梦魂无觅处”的苏轼，南唐后主李煜的梧桐则更加悲怆、哀切。“无言独上西楼，月如钩。

寂寞梧桐深院锁清秋。剪不断，理还乱，是离愁。别是一般滋味在心头。”开宝八年，宋军破南唐都城，李煜降宋，被俘至汴京。这是“故国不堪回首月明中”的亡国之君，也是“自是人生长恨水长东”的“千古词帝”。梧桐深院是他沦为阶下囚的归宿，在这里，他想起了往事中的春花秋月，想起了玉砌雕栏的帝王生涯，然而，一个政治才能有限的帝王是无法在权力的游戏中获胜的，在42岁时，他被赐以毒酒草草结束了他狂澜跌宕的一生，结束了帝王家族带给他的兴衰荣辱。然而，他全部的光辉和遗恨却闪耀在流传千古的文字之中。他一定也不会想到一个政治上的弱者竟能以如此不朽的形象站在身后的时代，历史上那些权倾数代的帝王将相也不会想到，那些他们所不能容忍的靡靡悲切之音竟然能闻达于万世。这好似清秋梧桐，它没有菊花那样鲜妍，没有枫叶那样明艳，但它以雄浑苍劲之姿，以落叶的垂首之姿捕捉了自然最可贵的秋日音节。李煜人生的秋日是在国破家亡后开启的，他的梧桐也是从此开始落叶，才触到大地真实的、动人心魄的脉搏。此前，他一直生活在《花间集》那样的靡丽柔婉之中。“多少恨，昨夜梦魂中，还似旧时游上苑，车如流水马如龙。花月正春风 。”他已然感知即使是秋日来迟，也来日无多，多少恨，多少花月春风，都将从自己身上过去，他就像一只将死的凤凰在梧桐树下发出泣血的悲鸣。

苏轼的梧桐又何止寒枝，李煜的梧桐绝不只是寂寞清秋。好梦频惊啊，那些在梧桐夜雨中独立的人，无论贵为皇子丞臣，无论是流落在南方的瘴疠之地还是在北方的朔风之中，总免不了“别来音信千里，怅此情难寄”（晏殊《撼庭秋》），虽然他们的悲欢离合各有分别，他们的情恨爱憎也不尽相同，但是梧桐夜雨，心短焰长，它们如落叶片片堆积，让我们从后世远远望去，窥见了宋时那清澈又莽苍的秋日。

杨梅：先惊探领得骊珠

『采杨梅，摘卢橘，饤朱樱。奉陪诸友，今宵烂饮过三更。』

端午前后，杨梅次第成熟，朋友间的说法是“考验江浙一带有无真朋友的时候到了”。虽是玩笑话，却形象地从中国的“杨梅地图”上画了一个圈：杨梅淮南有，以江浙为首。而江浙作为“杨梅重镇”的格局早在宋时已经成形。“五月杨梅已满林，初疑一颗值千金。味胜河朔葡萄重，色比泸南荔枝深”，宋代诗人平可正的诗句就言浅意白地写明了当时江浙一带农历五月漫山杨梅成熟时的景象。

“素手不晶盘。垒起仙丸。红绡剪碎却成团。逗得安排金粟遍，何似鸡冠。味胜玉浆寒。只被宜酸。莫将荔子一般看。色淡香消僝僽损，才到长安。”（王观《浪淘沙·杨梅》）宋人常将荔枝和杨梅放在一起比较，不仅两者果实均为红色丸子一般大，关键是两者都是成熟期相近季节性极强、保鲜能力又极弱的水果。荔枝之味，我们在唐朝那“一骑红尘”中领略过，而杨梅之味，不仅让人闻其名便口齿生津，在宋人的垂涎连连中也不禁让人想跑马江浙，于杨梅林间大吃特吃。“一任姚黄魏紫，供吟赏、银烛笼纱。南游士，日餐千颗，不愿九霞车”（王以宁《满庭芳》），日餐千颗那还得了，牙都倒完了吧？

今年端午时节去了一趟温州，正赶上杨梅季节，不用提那摊档上的深红浅红的果子，就是路边、花坛上都长满了杨梅树，长椭圆状的叶子和细密的枝条并不起眼，但颗颗红宝石一样的果子将这适合在温带、亚热带湿润气候生长的乔木点燃了。一夜风雨后，树下落满了殷红的颗粒，我心疼

地觉得应该捡拾起来洗洗吃了；当地人却笑道，这有什么可惜的呀，连某某山上的杨梅我们都不耐烦吃，最好的茶山杨梅还没上市呢！原来江浙杨梅里还有一条森严的“鄙视链”呢。但这“鄙视链”也不是物产丰裕的现代才有，宋人杨万里就写过一首《七字谢绍兴帅丘宗卿惠杨梅》，其中盛赞绍兴的杨梅举世无双：“梅出稽山世少双，情如风味胜他杨。玉肌半醉红生粟，墨晕微深染紫裳。”若说绍兴的杨梅在其时高居榜首的话，湖州、杭州的杨梅，也不甘落后，在当时它们都是贡品珍果。“绿荫翳翳连山市，丹实累累照路隅。未爱满盘堆火齐，先惊探颔得骊珠。斜插宝髻看游舫，细织筠笼入上都。醉里自矜豪气在，欲乘风露摘千株”（陆游《六峰项里看采杨梅连日留山中》），这是一幅果熟丰收图，满山红果，人们喜笑颜开，忙着采摘。被比作“骊珠”的珍贵果实，要通过水路运往京城。由此也看见，宋朝商路发达，贸易繁荣，远在京都的人要吃到身价高于百果的杨梅，也不需要驿路跑死马。

在读宋人笔下的杨梅时，会觉得有一种莫名的喜感：中国人谈到美食美物的时候总是掩饰不住一种喜气洋洋的满足感啊，就连以淡然、自持著称的宋代士人也不例外。最好玩的要数苏东坡，他在罗浮山下做官时，对岭南的荔枝赞不绝口，扬言道：“日啖荔枝三百颗，不辞长作岭南人。”但当他吃到杨梅，就立刻“变节”了：“闽广荔枝、西凉葡萄，未若吴越杨梅。”荔枝杨梅，哪个更好吃，恐怕是众口难调，各有所爱。宋人张端义在《贵耳集》中给出了一个“你好我好大家好”的中庸论——“闽乡玉女含冰雪，吴郡星郎驾火云”，荔枝晶莹如冰雪玉女，杨梅赤紫似火齐星郎，好吃好看，两者不分伯仲啊。

杨梅鲜果好吃，但在保鲜手段有限的古代，人们只能采用其他方式来保存果实延续美味。《武林旧事》中记载了宋高宗的亲信张俊府中的御筵，“进奉”干果，“雕花蜜煎”和“砌香咸酸”瓜果，“时新果子”，等等。干果中就包括将杨梅、荔枝、杏等不易保存的果实做成的果脯和干果，而“雕花蜜煎”是将青梅、西瓜等水果雕成各种漂亮的形状。《东京梦华录》也记载了宋人这种不仅知其味，还具有高度审美性的饮食习俗，同时，在宋代的市井中不仅有新鲜水果，而且有大量果脯等干货售卖，人们不仅可以吃到远在岭南、江南一带的鲜果，还能吃到季节之外的零食。当然了，杨梅、荔枝这样的佳果皆可以酿酒，“采杨梅，摘卢橘，饤朱樱。奉陪诸友，今宵烂饮过三更”（葛长庚《水调歌头》），想必这众友夏游摘果之后，痛饮的便是杨梅酒吧？

杨梅酒的嫣红，就像宋人心头的那一抹藏不住的恣肆，任是人在斜阳里，任是雨打风吹去，他们还是最爱那人间烟火啊。

茱萸：年年自作茱萸伴

秋日好，佳节又重阳。然而并非没有愁绪，『点点楼头细雨，重重江外平湖。当年戏马会东徐，今日凄凉南浦。莫恨黄花未吐，且教红粉相扶。酒阑不必看茱萸，俯仰人间今古』。

作为一个长期生活在中国亚热带岭南地区的人，第一次见到茱萸成熟的红果竟然是在韩国。那是某年深秋时令，在韩国一个山乡宅院里我看到了一棵被早晨霜雾打湿的树上挂满了艳红发亮的果实，椭圆形的细小颗粒，琉璃一样晶莹。同行的韩国朋友告诉我这果实可以入药、泡酒，但果子本身是非常涩口的。朋友挠了半天头也说不出这种植物在韩国叫什么，更不用说它的中文名了。我手里握着几粒红色的果子一路走着，总觉得这果实应该并非韩国独有，在快爬上一座小山山巅时，电光石火，脑子里突然浮现了一个名字：茱萸。随后求证，果然是它！也许是秋日登高给了我启发——“遥知兄弟登高处，遍插茱萸少一人”，中国唐代诗人王维这首《九月九日忆山东兄弟》，写尽了身处异乡的游子“每逢佳节倍思亲”的心情，也将茱萸遍插在每个离人游子的心上。在异国他乡，我似乎很难向韩国朋友解释这千百年来延绵在中国人骨血中的茱萸情结。

在中国人的心里，茱萸不仅仅是可以入药、泡酒的山野良药，它更承担着“除凶秽，招吉祥”的民间使命。早在东晋时期，《西京杂记》中就记录了“九月九日，佩茱萸，食蓬饵，饮菊花酒，云令人长寿”的习俗。重阳节，正是茱萸成熟之时，人们头插茱萸枝或臂佩茱萸囊，意为除病辟邪，茱萸也因此被人们称为“辟邪翁”。“露染宫黄庭菊浅，茱萸烟拂红

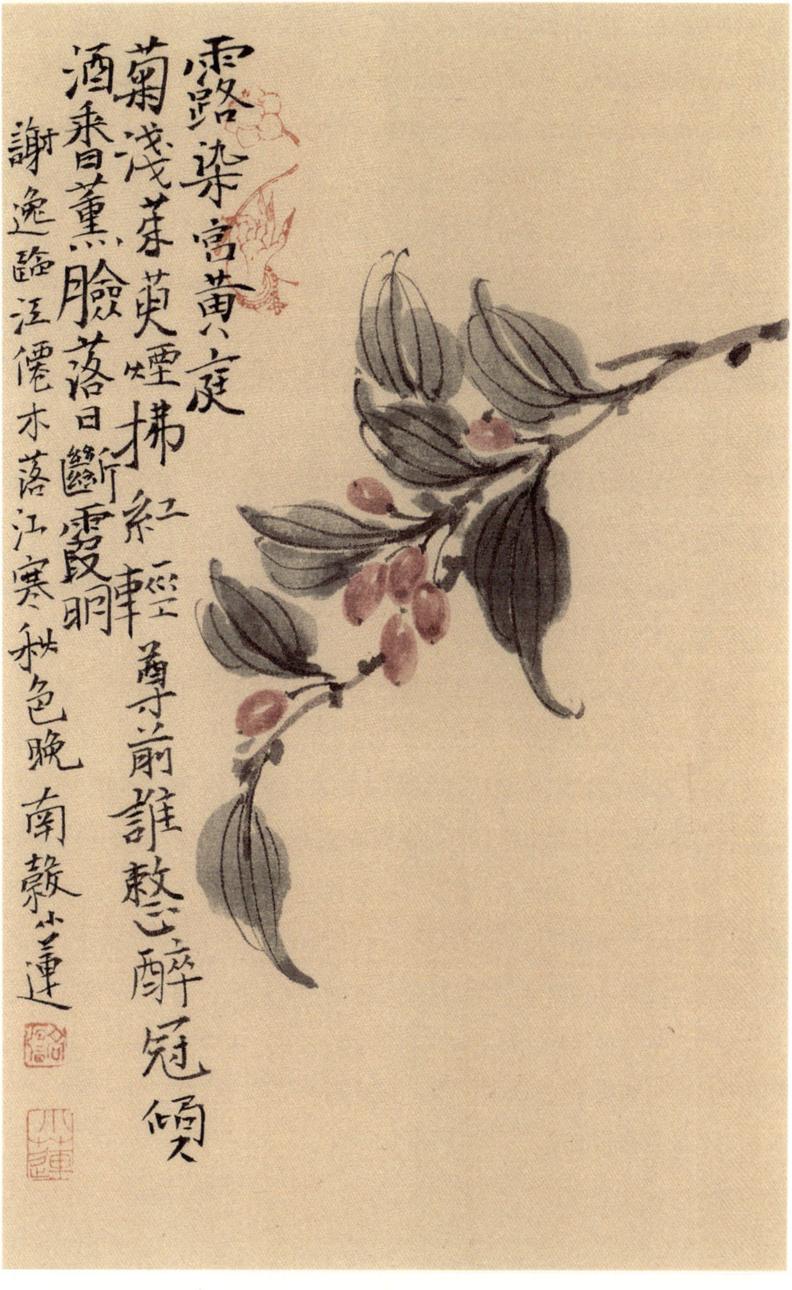

轻。尊前谁整醉冠倾。酒香薰脸，落日断霞明。”（谢逸《临江仙·重九》）宋人的重阳秋色里菊花与茱萸同列，登高、饮菊花酒、身插茱萸等风俗也被传承了下来。

“秋晚佳辰重物华，高台复帐驻鸣笳。遨欢任落风前帽，促饮争吹酒上花。溪态澄明初毕雨，日痕清淡不成霞。白头太守真愚甚，满插茱萸望辟邪。”（宋祁《九日置酒》）九月九重阳节，不仅是物华年丰的时节，也是秋色澄明、正合登高远眺的时候。且看那雨后初晴的水面氤氲，溪流潺潺，仿佛应和着人们争饮菊花酒的欢笑。而“我”也已走进人生的秋季，多希望茱萸年年插满霜白的鬓发。宋祁是世家子弟，属于不可多得的家学深厚、才学突出、仕途平顺的那一类文人。他对人生中的风景的赏看是轻快而明丽的，犹如他的名句“红杏枝头春意闹”那般活泼热切。插在他头上的茱萸也应当是重阳团聚时的温情脉脉。而另一位在政治上也颇负名声的宋代词人欧阳修也写过“青女霜前催得绽，金钿乱散枝头遍。落帽台高开雅宴。芳尊满，挼花吹在流霞面。　桃李三春虽可羡，莺来蝶去芳心乱。争似仙潭秋水岸。香不断，年年自作茱萸伴。”（《渔家傲》）同样是秋日的雅集，同样是秋水岸上的感怀，年年光景如是，那便是人生好时节了。到了宋人这里，茱萸似乎不再背负“驱病除魔”那样“实用主义”的功用，它就是深秋时令的一种审美对象，好比一位年年秋日会重聚的友人，在重阳的欢宴上与人们做伴。

秋日好，佳节又重阳。然而并非没有愁绪，“点点楼头细雨，重重江外平湖。当年戏马会东徐，今日凄凉南浦。　莫恨黄花未吐，且教红粉相扶。酒阑不必看茱萸，俯仰人间今古”（苏轼《西江月·重阳栖霞楼作》）。人们的心愿自然是年年丰裕，常有美酒美景做伴，但物是人非的感伤时时袭来，犹记当年在东徐相会，如今“我”独自一人在南浦漂泊，不觉感到凄凉、哀伤。然而苏轼的旷达并不流于这眼前的孤清，酒意阑珊处，也无须看那茱萸枝果，古今世事都不过俯仰之间，更何况是去年今日呢。这是对世俗生活的一种超越，是对自我和当下的超越，他看到了俯仰之间，我们所有的聚散离合不过是宇宙中的尘埃。不若年年透红的茱萸，它会记取人们当时的感情和情绪。

也就是在宋人的记述与描绘中，我们看到民俗中关于重阳节的重心渐渐从驱灾辟邪转向了祈求长生与延寿。宋元之后，“延寿客”（菊花）渐渐替代了“避邪翁”的重要地位。“重阳卧看登高侣，满把茱萸只自愁”（陆游《秋夜》），登高依旧，茱萸如昨，人们在不同的时空中怀着各自的心意。“冉冉秋光留不住，满阶红叶暮。又是过重阳，台榭登临处，茱萸香坠。　紫菊气，飘庭户，晚烟笼细雨。雍雍新雁咽寒声，愁恨年年长相似。”（李煜《谢新恩》）然而，无论什么时代，国破家亡的恨是一致的，朝代兴衰的流离失所是一致的，聚散中的悲欢也是同样的。年年长相似的，怕真的只是愁与恨，是那默默不语的茱萸罢。

在韩国那座长满青松的山坡上，我摊开手掌里的茱萸果实对友人说，它在中国是一种很有历史的、非常著名的植物，在这个时节，特别在我们登高望远的时候，我应该将它插在头上，想念我的家乡和亲人。就像想念那遥远宋代吹来的凉风。

兰：一种幽芳，自有先春意

一个亲近兰花的人不出意外，也将是心怀幽香者。所以，文人墨客养兰爱兰不仅是个人爱好，也可看作时代的风尚。

对于植物的赏看，中国古人的眼光是很刁钻的，不仅要叶美花美，色泽美形态美神韵美，最好还要有香气，香气还不可过于浓郁，淡淡清芬者为佳。能满足“气、色、神、韵”四美者那就是自然造化，天地灵气集于一身者当然是珍稀物种，如空谷之幽兰。兰花，中国最古老的花卉之一，也是世界上第二大植物家族，据说地球上生长着 2000 多个不同品种的兰花。不过，中国人认为“香”“花”“叶”三美俱全的“中国兰”一般指我们国家国土上野生或种植的地生兰，如春兰、蕙兰、墨兰等。

“夫兰当为王者香，今乃独茂，与众草为伍，譬犹贤者不逢时，与鄙夫为伦也。”凡是被孔老夫子加持过的植物，几乎没有一种不流芳百世。更何况，屈原三番五次为兰“代言”，“扈江离与辟芷兮，纫秋兰以为佩”。兰花简直就是“君子之伤，君子之守”的勋章，挂在每一个孤高自持、不获世之滋垢者的胸前。兰花幽独而异香，也甚合古人不与俗物同流、想要得其美需要用心寻芳的曲折心境。

“兰生幽谷无人识，客种东轩遗我香。知有清芬能解秽，更怜细叶巧

凌霜。”（苏辙《种兰》）那原本生长在无人山野的兰花如今被种在庭院之中，清香一如在山谷之中，它的碧叶经霜惹人怜爱。这是宋时种兰、艺兰的写照。从早期古人采摘野生兰花到市井人家广泛种兰养兰，几乎经历了上千年。魏晋时期，宫廷苑囿和士大夫的私家园林中开始人工培植兰花，而至唐朝，普通庭院也有兰花种植。宋代，是艺兰史上的鼎盛时期，“一干一华而香有余者兰，一干五七华而香不足者蕙”，词人黄庭坚在《书幽芳亭》中最早提出了兰花的分类。《书幽芳亭》不仅是黄庭坚一生爱兰、艺兰、读兰、画兰、写兰的集大成之作，也是“气若兰兮长不改，心若兰兮终不移”的情志寄托。兰花像是一个不离不弃的旅伴，始终伴随着黄庭坚。他年少时从师孙觉，孙觉的家乡正是“兰溪春尽碧泱泱，映水兰花雨发香”的盛产兰花之地——兰溪。而后黄庭坚与孙觉之女结为伉俪，这位擅绣兰花的女子兰心蕙质，却不幸病逝于英年。黄庭坚后被贬居涪州，他在寓所东边植兰，西边树蕙，兰花不仅是他的故人、爱侣，也是他的遭遇，和他自己。黄庭坚不仅将艺兰上升到了专业理论的层面，他的《幽兰赋》也是书法史上行书的珍品。从黄庭坚身上，我们似乎也可看到宋代是一个文人充分发展自我的时代，也是诗、词、书、画达到了高度融会的时代，文人们将他们的“道”“术”全然贯注于“艺”中，让我们看到了“雅操幽姿，不怕无人采，堪纫佩。灵均千载。九畹遗芳在”（王十朋《点绛唇·国香兰》）的时代风气和宋人心智。

也就是在这个时代，兰花成为了绘画题材广泛进入了画家的笔墨。现藏于北京故宫博物院的南宋画家赵孟坚所绘的《春兰图》，被认为是现存最早的兰花名画。“雪径偷开浅碧花，冰根乱吐小红芽。”（杨万里《三花斛·兰花》）的兰花和叶株，已经以水墨的形体定格于历史的沙土中。人们认为兰花的香气是可以代替焚烧香料的，被称为“王者香”，在那水墨晕染的画轴上，仿佛千年后我们也能嗅到那沁人心脾的气息。

“潇洒寒林，玉丛遥映松篁底。凤簪斜倚，笑傲东风里。　一种幽芳，自有先春意。香风细，国人争媚，不数桃和李。”（姚述尧《点绛唇·兰花》宋人的兰花幽芳已不是屈原的幽芳，在寒林水滨，在东风春讯中，兰花吐露了新生的消息。这消息中傲然之意，也有不屑与桃李争春的卓尔不群。宋人的兰花，即使栽种在窗前檐下，也是幽独的，它自身携带着空谷之静，也携带着与嘈杂人世永久的隔膜。这隔膜，就是“兰质”，是“本是王者香，托根在空谷”（苏轼《兰》）那无冕之王般的风度与气魄。所以，兰心蕙质是属于美人的，更是属于丈夫气概的。黄庭坚在《书幽芳亭》中更加盛赞了这种气概：“兰盖甚似乎君子，生于深山丛薄之中，不为无人而不芳；雪霜凌厉而见杀，来岁不改其性也。”不仅是来岁不改其性，就是豢养数年也难改其性。

“平生我亦好修者，乞取幽兰镇小山”（潘牥《兰花》），宋人养兰不仅是修身雅趣，也是交游的“试金石”。所谓“兰交”“金兰之谊”都是美好的情谊，一个不爱兰的人怎么能与君子同列呢？换言之，一个亲近兰花的人不出意外，也将是心怀幽香者。所以，文人墨客养兰爱兰不仅是个人爱好，也可看作时代的风尚。时光流逝千年，我记得十多年前，我老家云南的深寒老林里总出没着一些探兰采兰人，那时候，市面上珍稀的兰花品种已经炒到了天价。那曾遗世独立的幽香，似乎被一股铜臭味紧紧围困。这个时代的风尚，在野生兰花被过度采挖的山谷中留下了难以言喻的伤口。

荼蘼：满架香堆白

我突然也有点理解为什么宋人对荼蘼如此推崇了，在那伤春之时确实需要这毫不傲娇的花朵簇拥着。就像多日饮冰的人已经不再需要高高在上的姿态，只需要一杯妥帖的热水。

在宋人的花谱中，有一种花很特别，它就像百花之中一匹黑马，毫无征兆和铺垫地冲进了张翊所著《花经》中的“一品九命”。这是什么概念？就像是一个贫民窟里的姑娘一夜醒来，身边围着乌泱泱一大拨达官贵人，他们争先恐后告诉你说，你是皇家失散已久的、血统纯正的公主。《花经》“一品九命”中的榜首名花上还有什么花？——牡丹、梅花、兰花。荼蘼凭什么与这些“王者之花”并列？难道是宋人的审美很飘忽，故意拗一个爆冷、抢镜的造型？我看这还真不好说。

且说这荼蘼，我想它进入大多数人的视野应该是《红楼梦》六十三回，麝月掣签。签面上一枝荼蘼花，题着“韶华胜极”四字，里面写着一句旧诗，“开到荼靡花事了”。这春尽时最后的荼蘼花暗示着麝月之后的命运，这种似乎象征着春逝的哀婉之花从此也被诸多人所惦记。只是人们并不一定知道这句“旧诗”来自宋代寂寂无名的诗人王淇。“一丛梅粉褪残妆，涂抹新红上海棠。开到荼蘼花事了，丝丝天棘出莓墙。”这首题《春暮游小园》的小诗写得比较平淡，就是一个诗人暮春游园时看到了这花那花，春时快要过去，梅花残海棠红，而最最出彩的一句被曹雪芹拎了出来，千古传唱。

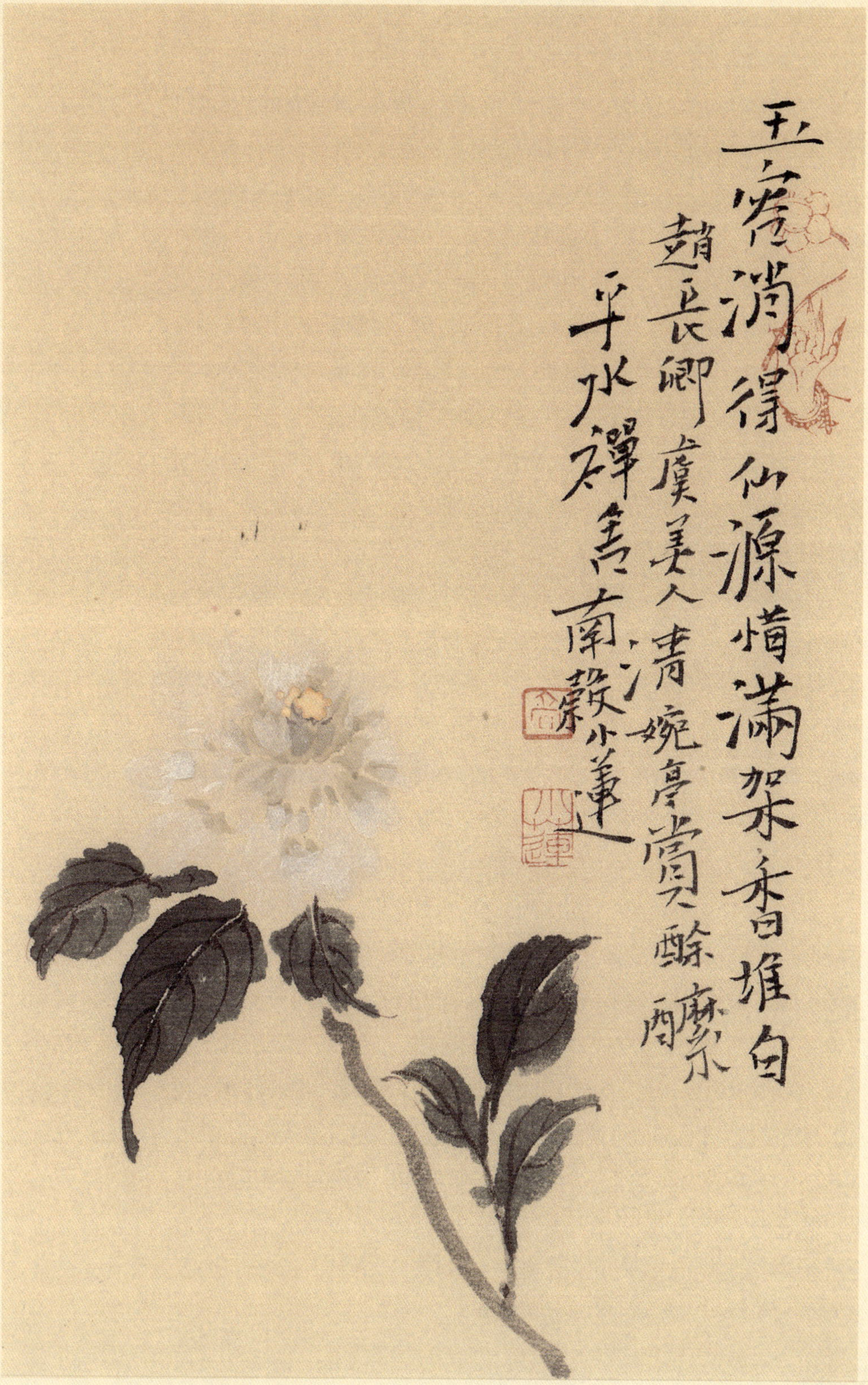
玉容消得仙源惜滿架香堆白
趙長卿虞美人清婉亭賞酴醾
平水禪意南毅小筆蓮

荼蘼是大概是蔷薇科植物的重瓣空心泡，一种需要搭架、牵蔓才能繁盛可感的植物，在曹雪芹的时代并不流行。但如果按王淇诗句按图索骥，我想你会和我一样大吃一惊：光是南宋陈景沂编撰的《全芳备祖》里就收录了宋人写荼蘼花的诗词约 103 篇，没有对比就没有伤害，要知道写牡丹的诗词也就 150 篇。“玉容消得仙源惜。满架香堆白。檀心应共酒相宜。割舍花前猛饮、倒金卮。”（赵长卿《虞美人·清婉亭赏酴醾》，“酴醾”即荼蘼）这与“荼蘼”共享酒名的花卉，蔷薇科的植物必须满架堆白才能展露出可供赏看的风致。但荼蘼颜色非白即浅黄，如荼蘼酒，并没有别致之处。它的盛行应该得益于宋真宗的行宫咸平县治所，县丞厅前的一架荼蘼。张耒《咸平县丞厅酴醾记》中记载了“当时筑室种植以待天子之所，必有珍丽可喜之物而后敢陈，是以独秀于一邑，而莫能及也”的状况，天子行宫如果还种牡丹、芍药，那就是陈词滥调，但一架净白的荼蘼，且在春日将尽时极尽繁华，确实让人耳目一新。

“酴醾不争春，寂寞开最晚。青蛟走玉骨，羽盖蒙珠幰。不妆艳已绝，无风香自远。”（苏轼《杜沂游武昌以酴醾花菩萨泉见饷二首》）这春日最晚的花，好似妆容落尽的女子，依靠天然的本色和香气看着艳丽百花都在之前争妍。然而，它没有余下春光尽占的志得意满，反而沾染着伤逝之感。“淡烟疏柳冷黄昏，零落荼蘼花片、损春痕。”（毛滂《南歌子·席上和衢守李师文》）春光盛极的尽头便是荼蘼零落了，而一个朝代的繁华过后呢？文人高士们心中隐隐的忧虑和哀愁，恰似荼蘼一架夜风中。

失去了建功立业机会的宋代文人们还能饮酒作乐、借酒消愁。在家宅庭院里种一架荼蘼，在花盛时呼朋引伴，也不失雅趣。“来春席地还可饮，日色不到香风吹”（司马光《南园杂诗六首·修酴醾架》），荼蘼架下席地饮酒，大有魏晋名士风度。“月中露下摘荼蘼，泻酒银瓶花倒垂”（杨万里《尝荼蘼酒》），月下赏花饮酒，这白色团团簇簇、倒垂于架上花朵便显出了优势来，仰头可见重瓣的白花，似是月色片片洒落人间。此时如若是牡丹般硕大无朋的花卉，或是高不可攀的梅，那种可亲可近的兴致会少很多——我突然也有点理解为什么宋人对荼蘼如此推崇了，在那伤春之时确实需要这毫不傲娇的花朵簇拥着。就像多日饮冰的人已经不再需要高高在上的姿态，只需要一杯妥帖的热水。

“谁将陶令黄金菊，幻作酴醿白玉花。小草真成有风味，东园添我老生涯。”（黄庭坚《戏答王观复酴醿菊二首》）在一日三餐切实的生活中，黄庭坚也有了返璞归真的诗意，不管是无名小草还是荼蘼菊花，都有了老成的情味。宋人似乎通过一架荼蘼与那些云端的豪情壮志和解了，也与生命中那些旧恨新仇和解了。“平生为爱此香浓，仰面常迎落架风。每至春归有遗恨，典刑犹在酒杯中。”（韩维《酴醿》）这是春日的最后繁花，这是“开到荼蘼花事了”的宿命，如果能堪透这宿命中不可挽留的消逝，便可以坦坦荡荡、从从容容饮酒赏花。谁说“活在当下”不是一种很高的智慧呢？且做个闲人，好好享受这短促的春光和即将凋谢的荼蘼吧，来日，来日又不知是谁的天下，而“江山风月，本无常主，闲者便是主人”（苏轼《临皋闲题》）啊。

杏花：吹笛到天明

而杏花，在墙内笑声中和在孤夜的笛声中都只似天边一抹微云，它在一场春雨中自顾自凋谢。卖花人走过的市集，则自有后人吆喝着另一些名字。

如果说宋人的富贵园林是荷花、梅花、牡丹、芍药的天下，那么宋时百姓的村头院落就是杏花的乐土。无论是“春色满园关不住，一枝红杏出墙来”（叶绍翁《游园不值》），还是“红杏墙头树。紫萼香心初吐。新年花发旧时枝，徘徊千绕，独共东风语”（欧阳修《梁州令》），都是红杏花枝探出院墙，那是别人家的院落里的春意，也是关不住的天地之间春的消息。杏花之红并不夺目，是极其浅淡、含蓄的粉红，但是整树燃烧着，远远望去似云如霰，让门扉紧闭的院落也多了几许温柔雅致。“红杏一腮春雨”（向滈《如梦令》），这一抹红霞恰似少女含羞的一笑，让人心动不已。

在遥远的《庄子·杂篇·渔父》中，杏林是需要仰望的高处：“孔子游乎缁帏之林，休坐乎杏坛之上。弟子读书，孔子弦歌鼓琴。”后人以为杏坛指“泽中高处也”，也就是孔子坐在温润的高地上讲学，而也有人附会说，这高地有杏林环绕。我个人更倾向于认为这“杏坛”前的诗书雅集是杏花开时，“浴乎沂，风乎舞雩”的美好画卷。这样的时光应该有“杏花天影”的自在和仙气。到了宋人这里，“绿杨烟外晓寒轻，红杏枝头春

意闹。　浮生长恨欢娱少。肯爱千金轻一笑”（宋祁《玉楼春·春景》），杏花和春意有了“闹”的风情，“欢娱”的世俗生活在展开，杏林不再围绕着士大夫们，而是扎根于人间烟火。而宋祁也因为这一个“闹”字找到了最贴合宋时春意的情绪，随春风而经年流传。

“小楼一夜听春雨，深巷明朝卖杏花。矮纸斜行闲作草，晴窗细乳戏分茶。”（陆游《临安春雨初霁》）多少次，在陆游的清晨，想回到旧时临安，看一看那热闹的市井是如何在一声声叫卖杏花的吆喝中醒来。我曾在诸多现代城市、乡村市集看到过卖栀子、缅桂花、月季还有叫不上名字的野花的人，但从未见杏花的影踪。杏花的花瓣轻薄易萎，细细密密的花朵随枝折下后也易掉落，不知那清晨沾露带雨的杏花是如何被人摘下，经过了什么样的泥泞路途，来到这熙熙攘攘的城市中心；这需要万般呵护的花枝娇嫩如晨，也就是这叫卖杏花之声，把临安衬托得如此有格调、有情致，有耐心。在人们写字、分茶时，是否有一枝温雅的杏花在案头站立呢？那是临安最和平、最自足的时分，它在又平静又热闹的京华烟云中发展出了一套独特的类似近代的文明。这文明当中有人心对美的赞叹，对珍稀之物的惜取，也有“花褪残红青杏小，燕子飞时，绿水人家绕……墙里秋千墙外道，墙外行人，墙里佳人笑”（苏轼《蝶恋花》）的各自欢欣。文人有文人的杏花声，行人有行人的轻愁，墙里墙外的世界被一树树杏花贯通又隔开。

杏花开开落落，市声在悄然变迁。朝代更迭，世事沉浮，杏花那一抹红晕仍是心上的朱砂。“忆昔午桥桥上饮，坐中多是豪英。长沟流月去无声。杏花疏影里，吹笛到天明。　　二十余年如一梦，此身虽在堪惊。闲登小阁看新晴。古今多少事，渔唱起三更。”（陈与义《临江仙·夜登小阁忆洛中旧游》）毫不掩饰地说，这是我最喜欢的书写杏花的词章。北宋亡国后，词人流浪江湖，回忆起二十年来的跌宕和漂泊，心下沉郁。想当年在都城繁华之中，多少豪杰英雄，都随雨打风吹去。“杏花疏影里，吹笛到天明”，这一句让汉语之美呈现出惊心动魄、纤细如割的澄澈之境。在杏花摇曳中，在夜色空寂中，孤身无寄的人还能做什么呢？那笛声如怨如慕，如泣如诉，它不需要倾听，它只面对浩茫的苍穹、夜半的渔火。在这彻夜的吹奏中，他又如何不知古今世事，其实古今别无二致。在国破家亡的时辰，杏花的影踪再次脱离了泥土回到高空，它生长的土地不再是先前的土地，它探出墙头的房屋已经倾圮。杏花只是如云似霰的遥远安慰，它无依无着，不属于任何世代，也不属于任何家国。所以，比起杏花流月，人是不自由的，人如离船渴望着停靠，渴望找到归宿。哪怕是“欲减罗衣寒未去，不卷珠帘，人在深深处。残杏枝头花几许？啼红正恨清明雨”（赵令畤《蝶恋花》）的清寒愁绪，也是身处安稳现世的人才能发出的轻叹。

而杏花，在墙内笑声中和在孤夜的笛声中都只似天边一抹微云，它在一场春雨中自顾自凋谢。卖花人走过的市集，则自有后人吆喝着另一些名字。

梨花：月明正在梨花上

在月明星稀的寂寞夜晚，拉开珠帘绣幌，一株白花正冒着料峭的春寒怒放——这如霜似雪的白，这月华涌动的就是青白瓷一般的色泽，它太值得被记取，无论是文字还是器物。

窃以为，最能代表宋人审美品格的器物乃是青白瓷。那仿佛有雨珠在釉面上滚动的青白色仿佛被月光反复洗濯。那种通透、圆柔的青白，应该就是梨花白。宋人对梨花倾注的爱，也不比青白瓷少，“枕畔屏山围碧浪。翠被华灯，夜夜空相向。寂寞起来褰绣幌，月明正在梨花上”（欧阳修《蝶恋花》）。在月明星稀的寂寞夜晚，拉开珠帘绣幌，一株白花正冒着料峭的春寒怒放——这如霜似雪的白，这月华涌动的就是青白瓷一般的色泽，它太值得被记取，无论是文字还是器物。

宋代人的心性与姹紫嫣红、大开大合的唐人迥异，他们喜爱简淡、平和、内敛的事物，当时风行的一些审美倾向接近今天所谓的“极简风”和“性冷淡风”。像荼蘼、梨花这样即使连绵十里也不觉得铺张的浅净花朵自然成了他们的心头好。“午梦初回，卷帘尽放春愁去。昼长无侣，自对黄鹂语。　　絮影蘋香，春在无人处。移舟去。未成新句，一砚梨花雨。”（周晋《点绛唇·访牟存叟南漪钓隐》）这首词记述的无非是野外即景、春意闲愁，然而“一砚梨花雨”一句写得多么文气、别致，仿佛梨花天生就是为文人的纸砚而生，更别提那带着雨露的洁白、贞静。

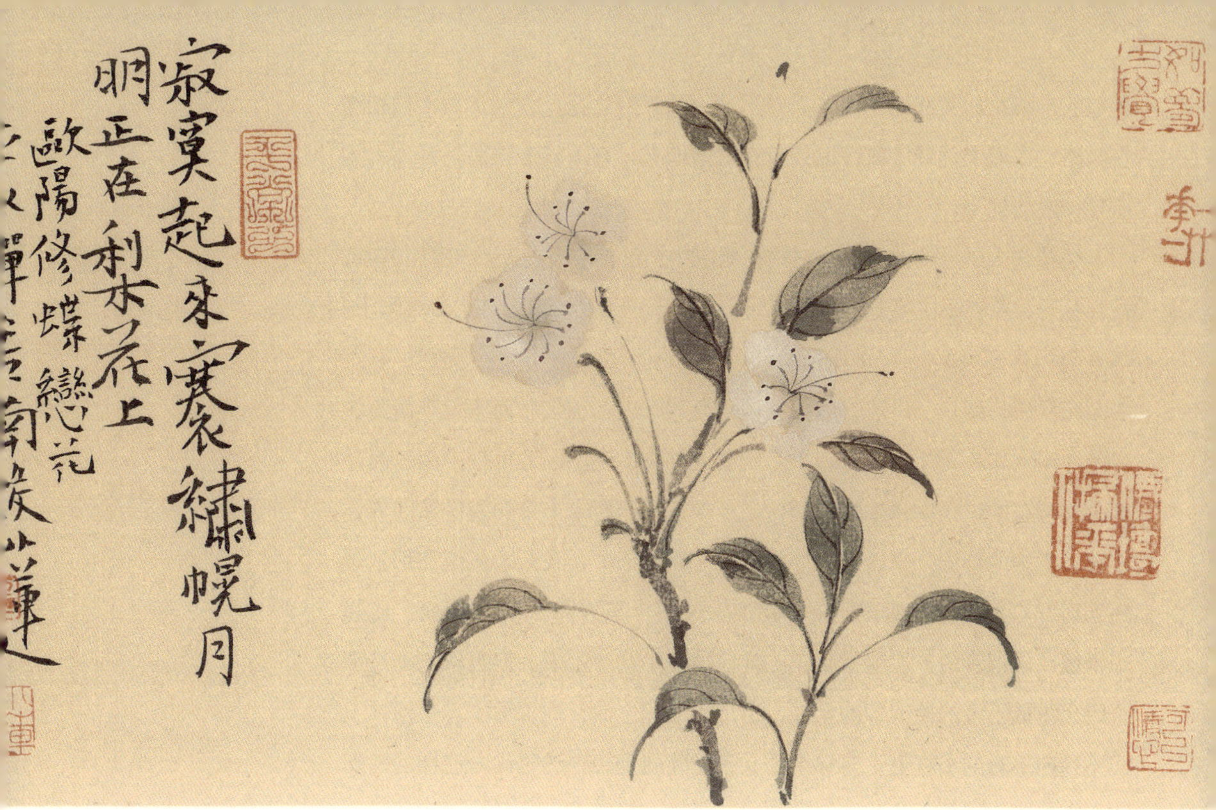

“露堤平，烟墅杳。乱碧萋萋，雨后江天晓。独有庾郎年最少。窣地春袍，嫩色宜相照。　　接长亭，迷远道。堪怨王孙，不记归期早。落尽梨花春又了。满地残阳，翠色和烟老。”（梅尧臣《苏幕遮》）这是旷野中的梨花，也许是连绵几里如雪飘飞。梨花谢后，春光也无多了，多少年宦海浮沉，物是人非，春老我亦老。对时光流逝、今是而昨非的感怀永远是人们书写的主题，无论是宋朝还是其他时代，只不过，宋人在这旷野之中看见了梨花。这在中国有2000多年培栽历史的果树，虽然大多是被人种植的，梨花却又好似一种与人并不亲近的旷野之花。它经常与人们相逢在驿路、古道或荒野。或许也只有在这些地方，它才能浩浩荡荡开出大雪压顶一般的气势。

梨花与人最近的时分，是它站在庭院中，望着楼阁中人。“雪压庭春，香浮花月，揽衣还怯单薄。欹枕裴回，又听一声干鹊。粉泪共、宿雨阑干，清梦与、寒云寂寞。”（朱淑真《月华清·梨花》）多么寂寞啊，庭院中梨花尽放，鹊鸟一声声，然而闺中只有我一人。这位在南宋与李清照齐名的女词人如今无几人识得。不是她著述甚少，也不因她郁郁早逝，而是她的父母在她过世后将她的诗稿付之一炬，直到南宋一个叫魏仲恭的人，十分珍爱她的诗词，将她的残作整理成《断肠集》，我们才知道在那乍暖还寒时候，面对花枝凋残记下心绪的女子不止李清照一人。然而，比起李清照，朱淑真的一生就像梨花一样冷清而早凋。生于仕宦之家的她是那个时代为数不多的善词章的女性，但出于父母之命，她嫁给了一个精神上门不当户不对的小官吏，在那个“女子无才便是德”的时代，这样的婚姻实为不幸。家国的动荡让她抑郁终日，早早离开了人世。最让人伤感的是这样一位玲珑心肝的女子，不要说她那些成文的心事得以在后世流传，就连她的生卒年也不详。“去去惜花心懒，踏青闲步江干。恰如飞鸟倦知还，淡荡梨花深院。”（《西江月·春半》）“的皪江梅浅浅春，小窗相对自清新。幽香特地成牵役，不似梨花入梦频。”（《冬日梅窗书事四首》）梨花曾多次出现在她的笔下，也许是她深居的庭院中真有一株梨树，年年花开如雪，与她寂寞相对。也许是清寒之中的梨花就像她自己，她们两两相看，她心中词章就像那繁花盛大的生命力，这样的女子注定不合于时，也注定像梨花纷散于寒食之后。虽是春时，却堪比严冬，她习得那么多文字，体会过生命中那些最幽微、锋利的情感，到底是一种幸还是不幸？魏仲恭在《断肠集》序中表达了这种难言的沉痛：“其死也，不能葬骨于地下，如青冢之可吊，并其诗为父母一火焚之，今所传者百不一存，是重不幸也，呜呼冤哉！”这是朱淑真的不幸，也是封建时代才女们的不幸，像她一样才学卓越却只能在那些世事中断肠反侧、最终不为后人所知的女性又有多少呢？然而，朱淑真最大的幸运应该是能在身后遇到魏仲恭这样一位知心人。魏仲恭也许就是她窗前的那株梨花吧，他听懂了她的心事，也怜惜她的陨落，愿意倾其心力将她的“断肠”留与后人说。

“小院闲窗春色深，重帘未卷影沉沉。倚楼无语理瑶琴。　　远岫出山催薄暮，细风吹雨弄轻阴。梨花欲谢恐难禁。”（李清照《浣溪沙》）就在几乎同一个时空，另一位才华横溢的女子也看到了正欲凋谢的梨花，她是否能想到这个世上，还有另一个和她一样梨花一样清白浪漫的灵魂在俗世的烈火上炙烤？她们的心灵在某些时分是相通的，也许是看到梨花漫天的时候，也许是春深寂寞提笔处。她们经历过同样的国破家亡，她们不流于俗世的心性堪比梨花般贞静。然而，那些断肠的词章记录的是一场又一场的纷谢，她们的心啊，曾在这个世界上零落成伤。

茉莉：列作人间第一香

在夜里，素白花朵的香气愈发浓郁，像纤纤素手，在黑暗之中，在人生的低回之处，将冷寂的心轻轻抚慰。茉莉，就是这样一枝开在宋人发髻上的香花，它有时开在俚俗的琵琶声里，有时在素净的白瓷茶碗中轻轻张翕。

中国不仅是一个“诗（词）”的国度，也是一个歌的国度，许许多多优美、朴素的民歌被人们口耳相传。在中国传统民歌中最有名的也许是《茉莉花》，“好一朵茉莉花，满园花开比也比不过它，我有心采一朵戴，又怕来年不发芽……”这首诗不仅在历经岁月，在大江南北流传着几十个版本，就连西方音乐“天后”级人物 Celine Dion 也用她生涩的汉语演唱过它。这是一首苏南民歌，从那“吴侬软语”般软糯的歌词中我们仿佛可以想见吴地茉莉花开、芬芳美丽满枝丫的亲切、温软。

茉莉是中国人心上的一朵“小雪花”，清雅、家常、可亲，好像伸手便可摘一朵簪头上或者别在衣间。这原产印度（或亚洲西南、波斯地区，待考）的白色花朵，由丝绸之路传入了中国，在亚热带的南海、南越（今广东一带）生长，晋代民间就有“倚枕斜簪茉莉花”的风尚。到了宋代，“谁家浴罢临妆女，爱把闲花插满头”（杨巽斋《茉莉》），可见妇人头簪茉莉已是当时风行的民俗。也就是在南宋，茉莉由福建传入江浙一带。周密在《乾淳岁时记》中记录了南宋都城临安（今浙江杭州）种植茉莉的盛况：“禁中避暑，多御复古、选德等殿，及翠寒堂纳凉。……置茉莉、

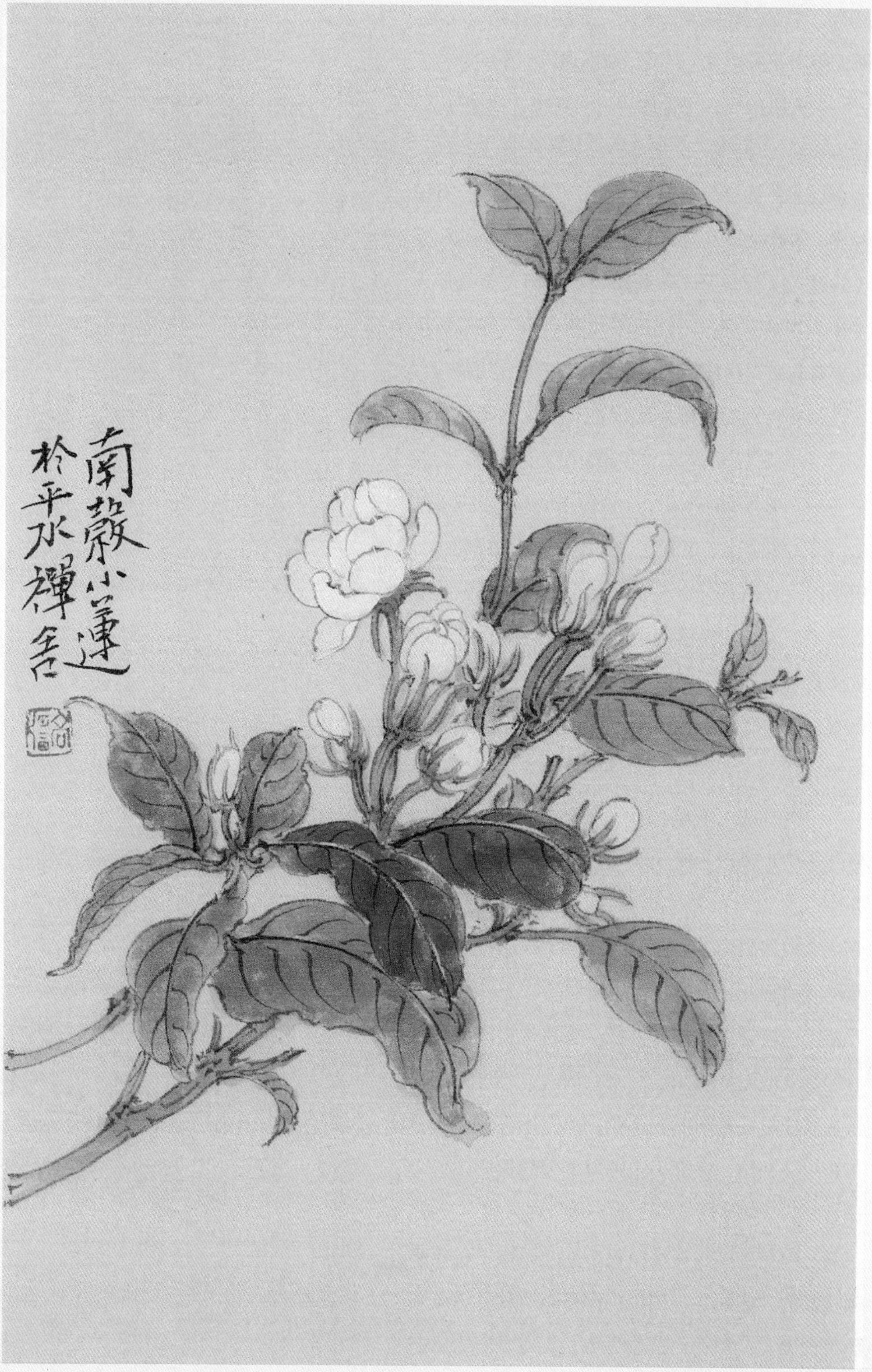

素馨、建立、麝香藤、朱桂、玉桂、红蕉、阇婆、薝葡等南花数百盆于广庭，鼓以风轮，清芬满殿。”

“天赋仙姿，玉骨冰肌。向炎威，独逞芬菲。轻盈雅淡，初出香闺。是水宫仙，月宫子，汉宫妃。清夸薝卜，韵胜酴醾。笑江梅，雪里开迟。香风轻度，翠叶柔枝。与王郎摘，美人戴，总相宜。”（姚述尧《行香子·茉莉花》）茉莉之美是仙人之姿，冰肌玉骨，比位列“九命一品”的荼蘼花还要有韵致，只有美人簪花才能配得上它的格调。古人品花特别有意思，不仅喜欢给花分等级，还要写诗作词为自己心中的最美花卉争状元、拔头筹——“他年我若修花史，列作人间第一香”（江奎《茉莉花》）。茉莉花好，不仅因它清雅温柔，更是因为它的香气甲天下，特别是清风袅袅的夏日，不见其影，便可远远闻到它别致的香气。所以茉莉簪花不仅是天然的饰物，更是随身携带的香水，侧脸拂手处自有一段香气盈面，让人心旷神怡。

“倩得薰风染绿衣。国香收不起，透冰肌。略开些个未多时。窗儿外，却早被人知。”（辛弃疾《小重山·茉莉》）连以豪放词章著称的辛弃疾也被那门窗关不住的香气俘虏，这是无花可敌的“国香”，人们只需循着花香去。“越惜越娇痴。一枝云鬓上，那人宜。莫将他去比荼蘼，分明是，他更韵些儿。”辛大词人也不可免俗，认为同样是白色的团簇小花，但万不可将荼蘼和茉莉相提并论，在那美人娇羞的云鬓倩影上，无论香气韵致都是这茉莉更胜一筹。在宋代，荼蘼、茉莉、琼花，应该算是白色小型花系中三位出镜率极高的“佳丽”。花色花型各有千秋，但茉莉的香气确实让琼花、荼蘼失色，大概是因为它是

木樨科素馨属的灌木，基因里都灌满了西土丝绸之路上的香料余味。

“环佩青衣，盈盈素靥，临风无限清幽。出尘标格，和月最温柔。堪爱芳怀淡雅，纵离别，未肯衔愁。浸沉水，多情化作，杯底暗香流。”（柳永《满庭芳·茉莉花》）杯底暗香，说的是茉莉花茶。在“把香入茶”的风气兴盛的宋朝，曾有几十种香料入茶，其中不乏香草香花。然而，品位不俗的宋朝人渐渐淘汰掉很多品类，留下了不到十种花茶，而茉莉花茶占据了百分之九十以上的比重。茉莉花茶可谓是香茶中的贵族，“出尘标格”，被众多文人喜爱。柳永在一盏茉莉香茶中想到了那远方的知心人：“凝眸，犹记得，菱花镜里，绿鬓梢头。胜冰雪聪明，知己谁求？馥郁诗心长系，听古韵，一曲相酬。歌声远，余香绕枕，吹梦下扬州。”那像茉莉一样超凡脱俗、冰雪聪明的女子，不知她在那繁华城市可安好。我这首曲子余音袅袅，这案几上的香茶幽香阵阵，多希望它们能在梦中与那过往美丽的记忆重逢！柳永曾在年少轻狂时在杭州、苏州一带度过了一段流连饮酒作乐的时光，想必此时词人的手边总有一盏茉莉花茶。此后词人宦游沉浮、浪迹天涯，那些市井中的繁华与落寞，流寓中追忆与失意在他笔下化作寒蝉凄切、暮雨潇潇。柳永之词雅俗并陈，歌伎常常出现在他的词中，那歌伎身后是宋代世俗生活汹涌的背景，那里有青楼梦好，也有茶肆瓦当；有“市列珠玑，户盈罗绮”（《望海潮》），也有“狎兴生疏，酒徒萧索”（《少年游》）。有关市井熙攘的记忆，就像茉莉茶一样清晰而令人回味不已；而柳永对这市井生活的书写自始至终充满了一种“知己谁求”的体恤和温情。

“曾记幽丛采玉，素手相将。”（周密《夜合花·茉莉》）在夜里，素白花朵的香气愈发浓郁，像纤纤素手，在黑暗之中，在人生的低回之处，将冷寂的心轻轻抚慰。茉莉，就是这样一枝开在宋人发髻上的香花，它有时开在俚俗的琵琶声里，有时在素净的白瓷茶碗中轻轻张翕。它是宋人窗台上的一抹清凉，也是那无眠枕席上的一段柔肠。当今人用汉语娇嗲地唱着它“芬芳美丽满枝丫，又香又白人人夸”，那宋时的缱绻香气也竟被这毫不心软的滚滚尘世淹没。

萍：聚散两无情

江州之上，蘋花依旧年年漂浮，花开如雪。人世的悲欢离合也如流水滔滔汩汩，经久不息。就是在这样的流逝中，那些被宋人记录下的深沉、哀婉的叹息，那些如萍般的聚散与情意，都穿过了萍洲风浪，在后世获得了延绵回声。

很多年前，我曾和友人路过鹦鹉洲〔对，就是那个“晴川历历汉阳树，芳草萋萋鹦鹉洲”（崔颢《黄鹤楼》）的鹦鹉洲〕一带。那时候青春年少意气风发，即使在黄昏没落、冷风泛起的涟漪中仍不觉得那水上芳草是凄清的。后来读到柳永“岁华都瞬息。浪萍风梗诚何益。归去来，玉楼深处，有个人相忆”句（《归朝欢·双调》），总会想起当时的楚地烟波，似乎水上浪尖那些“芳草”是簌簌开满白花的一江白蘋，当时太年轻，没有浪迹天涯的身世浮沉之叹，也没有韶华易逝的心有戚戚，而这一江蘋花却随波漂浮了无数世代。

“于以采蘋？南涧之滨。于以采藻？于彼行潦。”《诗经》中这水泽中的纤细植物是用于祭祀的“贵族野蔬”，不是谁想采就能采的。而在后世的流离浮沉中，似乎“蘋”“萍”“苹”这些在水上生长的柔弱植物成了“飘零、别离、无依无傍”的代名词。“晓来雨过，遗踪何在？一池萍碎。春色三分，二分尘土，一分流水。细看来，不是杨花，点点是离人泪。”（苏轼《水龙吟·次韵章质夫杨花词》）这以杨花为主诉的分离之泪，用了一池浮萍作为陪衬与加强。“无情有思，欲开还闭”，这是离人心情，

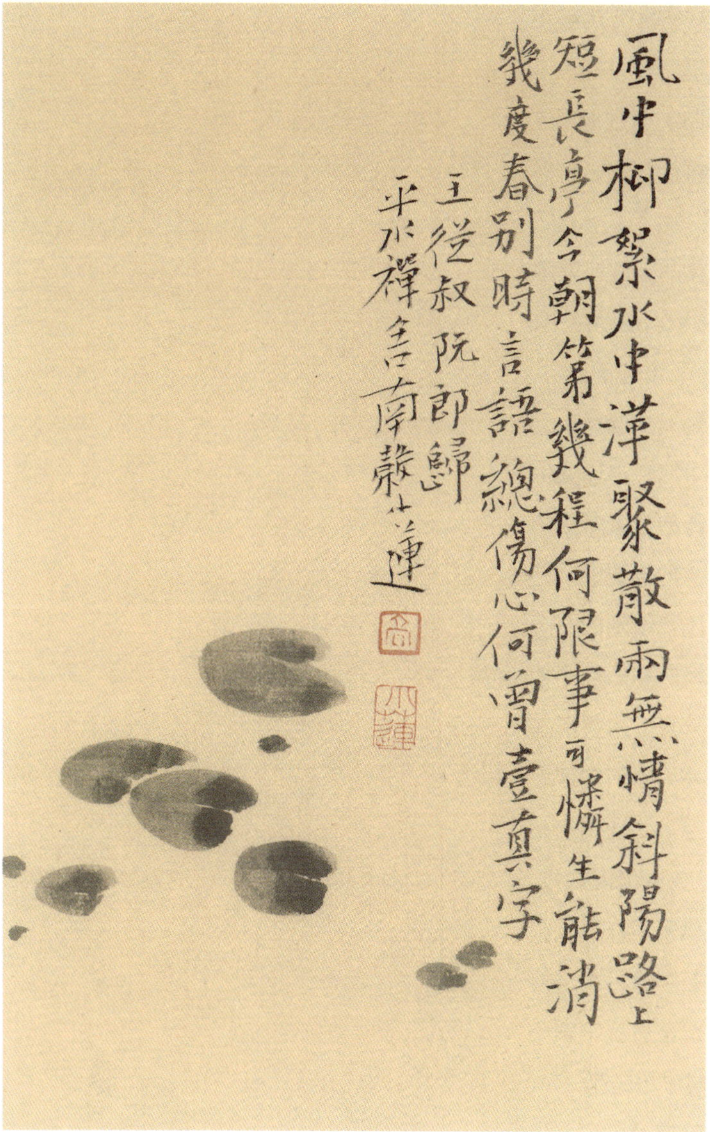

是无奈之中的叹惋。春色三分，一分赋予流水，流水象征着流逝、浮动、不恒定、不可流连的时间和动荡；而人在时间向前推移的生命动荡中就好似水面的浮萍。“风波长不定，浪足在天涯。莫怨身轻薄，前生是柳花”（宋无《萍》），谁人不曾经历人生的风波呢，那浪迹天涯的时刻，人如浮萍如柳花，仿佛没有根一样随波逐流，怎能不怨“身轻薄”呢？这“怨”中有对命运无常的反抗和屈从，也有对个人力量之微茫的长恨。这是世人在任何朝代都会发出的“怨”，它像一个生命中的永恒之问，是雨打浮萍、滔滔流水中的不甘与不忍。

“风中柳絮水中萍。

聚散两无情。斜阳路上短长亭。今朝第几程？何限事，可怜生。能消几度春？别时言语总伤心。何曾一字真？”（王从叔《阮郎归》）这首词的作者王从叔是南宋的遗民词人。再没有比一个朝代的遗民更能体会“聚散两无情”的了。一夜之间，一个时代落幕了，人们所倚仗的大厦哗哗啦倾覆了，斜阳短亭依旧，然而国破家亡的动荡中，人如风中飞絮水中浮萍，没有了根，没有了去向。末世之伤，就是离乱之伤。个人是无法选择自己所处的时代的，他只能在风暴之中牺牲自己或保全自己。风暴中流离失所者，只能抱持着对生的信念、对重逢的期待，承受风雨中的漂流。“杯酒释兵权”的宋朝是中国历史上比较特殊的一个时代，它在世俗生活高度发展的风流和乐之中埋藏着武功衰落、危机四起的不安气息。宋代那些被“抑武重文”的风气牵引的文人用他们的智识早早嗅到了这种气息，“曳杖罗浮去，辽鹤正南翔。青鸾为报消息，岩壑久相望。无奈渔溪欸乃，唤起苹洲昨梦，风雨趁归航。万里家何许，天阔水云长。”（杨冠卿《水调歌头》）这种乡家何在的感喟，不仅是在异地他乡的茫茫旅途中的个人伤感，也是“人生忽如寄”的普遍命运之叹。“兴亡千古余恨，收拾付诗囊。重到然犀矶渚，不见骑鲸仙子，客意转凄凉。举酒酹江月，襟袖泪淋浪。”在漫长的游历中，身世浮沉的际遇非我独有啊；在历史兴衰的长河之中，大的时代动荡来临时每一代人都只能听任洪流汹涌。这种末世之感，让人联想起现代作家张爱玲，她常用的一个词是“惘惘的威胁”，我觉得这个词用在宋末的风景中也很合适。那是“客意转凄凉”的惆怅，也是知道有更大的离乱要来的无奈和悲伤。这样

的“惘惘的威胁”也无数次出现在宋词当中，那些早早参悟了人之渺小的人知道自己不过是尘世汪洋中浮萍一朵，宿命感和心性中的不甘和抗争形成了巨大的艺术张力，也正是这种张力让宋词获得了其他时代难以媲美的高度。

“梦后楼台高锁，酒醒帘幕低垂。去年春恨却来时。落花人独立，微雨燕双飞。　　记得小蘋初见，两重心字罗衣。琵琶弦上说相思。当时明月在，曾照彩云归。”（晏几道《临江仙》）“花间词”派的扛鼎人物晏几道在这首词里贡献了像“当时明月在，曾照彩云归”这样光彩照人、流传甚广的金句，而我独独挂念“小蘋初见”。后人常认为“小蘋”是实指一个名为“萍”的女子（歌姬），我则更倾向于认为这是无数个命运如萍的女子的写照，她们有相同的心事，也有一样随波逐流的际遇和聚散。或者这“蘋”就是词人自己，他在一生的跌宕起伏、一次次相聚别离中将“微痛纤悲”体会得淋漓尽致，也将其付诸《小山词》集，感人至深。晏几道是婉约词大家晏殊的第七个儿子，晏几道曾官居相位，而晏殊也曾锦衣玉食、诗酒纵横。“春风自是人间客，主张繁华得几时？”家道中落后晏几道天涯寥落，如萍漂泊。有趣的是，无论是经略天下的其父还是沉浮于世的晏几道，都青史留名，并非因为他们的家世，而是他们用心血和生命写就的那一首首花间词。

“汀蘋白，苕水碧。每逢花驻乐，随处欢席。”（张先《惜琼花·汀蘋白》）江州之上，蘋花依旧年年漂浮，花开如雪。人世的悲欢离合也如流水滔滔汩汩，经久不息。就是在这样的流逝中，那些被宋人记录下的深沉、哀婉的叹息，那些如萍般的聚散与情意，都穿过了萍洲风浪，在后世获得了延绵回声。

菊花：宁可抱香枝头老

也许人生还有更加深重的寒冷和风霜侵袭啊，无论是在那城池的花圃中还是偏安一隅的山野之地，都要像菊花一样仰头绽放。

秋风乍起，萧萧清寒，万物也便进入成熟、凋零和入藏的时候，然而有一些花中翘楚却迎难而开了。“翠叶吹凉，玉容消酒，更洒菰蒲雨。嫣然摇动，冷香飞上诗句。”（姜夔《念奴娇》）这凉风苦雨中的“冷香”便是“华事至此而穷尽”的菊花了。

提到菊花，我想很多人脑海里浮现的是它“满城尽带黄金甲”（唐黄巢《菊花》）的金黄披挂的霸气形象。菊花黄，似乎是一个旧时的刻板形象。最早出现在《礼记·月令篇》中的“季秋之月，鞠有黄华”，说明当时的野菊花确实黄灿灿开满了深秋月令。这独占了秋光的绚烂之花立刻就进入了人类的栽培视野和“感官世界”，种菊赏菊是风雅乐事，晋代“采菊东篱下”的陶渊明则为后代文人勾勒出了一幅有诗有酒有花的潇洒隐逸图。随着菊花栽培的深耕，秋风中纷飞的不止是黄色的花朵，“九月重阳，都下赏菊有数种，其黄白色蕊若莲房曰万龄菊，粉红色曰桃花菊，白而檀心曰木香菊，黄色而圆者曰金铃菊，纯白而大者曰喜容菊，无处无之。”（孟元老《东京梦华录》）也就是说到了宋代，菊花不仅五彩纷呈，还有了具体而微的名字，这时候的菊花栽培蔚为大观，有超过两百个品种，浪

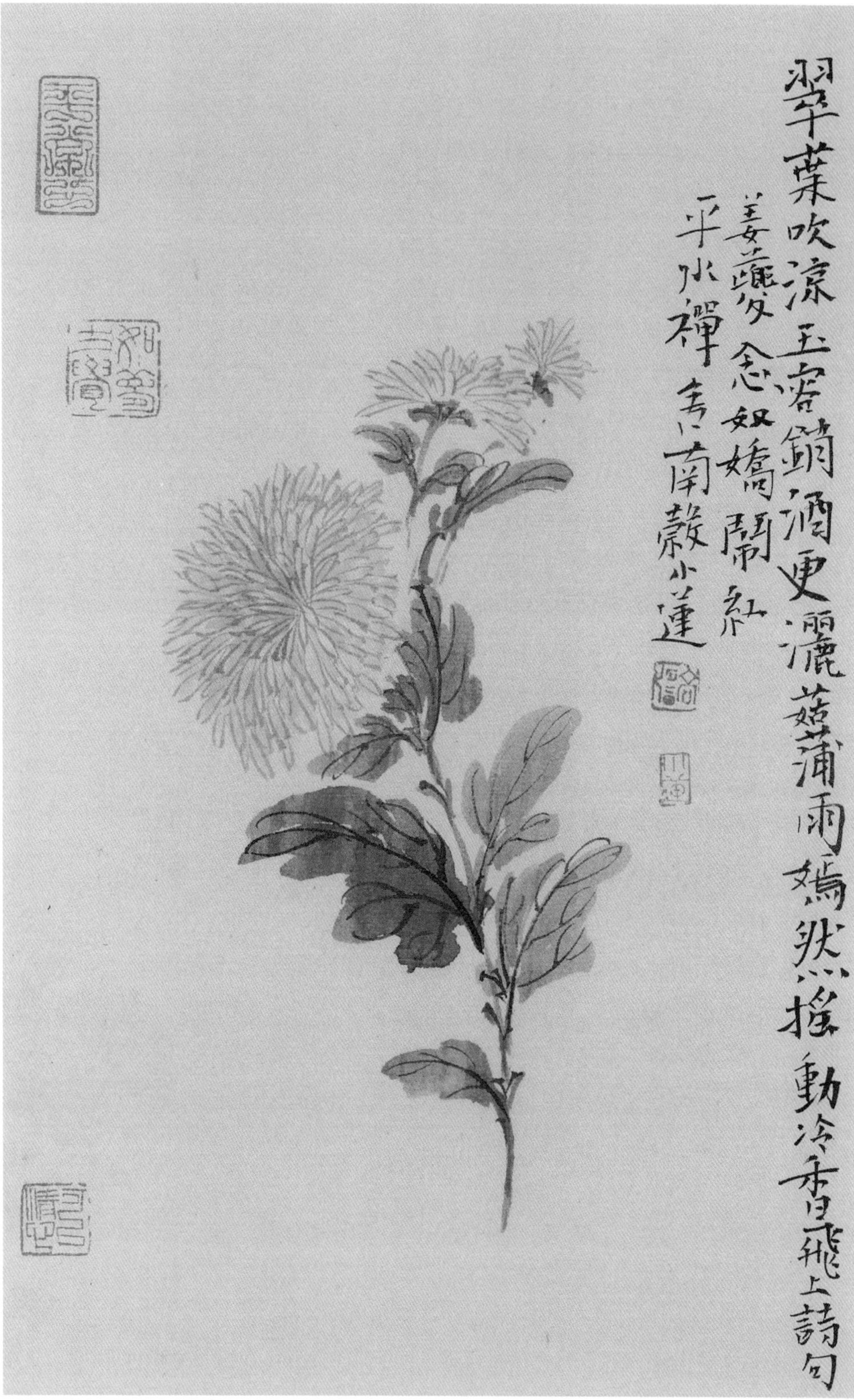
翠葉吹涼玉容銷酒更灑菰蒲雨嫣然搖動冷香飛上詩句
姜夔念奴嬌鬧紅
平水禪寺南穀小蓮

漫了整个黄河流域和广大的中国版图，就是在热到没有秋天的海南岛都有菊花争妍。“嫩菊黄深，拒霜红浅，近宝阶香砌。玉宇无尘，金茎有露，碧天如水。”（柳永《醉蓬莱》）这是汴京赏菊盛景的写照，天色澄明，菊花耀眼，游人如织走在花丛中，心中漫溢着的尽是秋日般的和畅、充实。“正值升平，万几多暇，夜色澄鲜，漏声迢递。南极星中，有老人呈瑞。此际宸游，凤辇何处？度管弦清脆。太液波翻，披香帘卷，月明风细。”下阕几乎就是赤裸裸的颂圣辞章了，写太平盛世、山川静美，不过因了这菊香淡雅，悠游的适宜，你会觉得这歌颂也不算肉麻，反而有几分文弱娴静，少了几分雍容华贵。这跟那个低回怨尤的“杨柳岸， 晓风残月”的柳永真是不太一般呢。如果说陶渊明的菊花是田园间、旷野上不畏孤苦的岁寒之友，那么宋人的菊花则是城市的繁荣之花。它不仅作为“延寿客”出现在热闹的重阳宴上，“庭院碧苔红叶遍。金菊开时，已近重阳宴”（晏几道《蝶恋花》），也是金秋丰收、人足年丰的点缀。在今天看来，柳永《醉蓬莱》这样的写作算是关于宋代的“城市写作”了，词中描绘的不是偏于乡野的菊花零落，而是城中佳事，展现了天子与百姓同乐共赏的盛世气象。

不过，柳永这为数不多的“面圣”之举并没

有为他的仕途带来任何收获。相反，“嫩菊黄深，拒霜红浅”“漏声迢递”等词句被指与悼词暗合，不是祥瑞之兆。以柳永的文人性情万万没有想到如此曲意逢迎，却遭受了“不复进用”的风刀霜剑。这难道是菊花的命运吗？在秋天的寒冽中开放，自此也要走向凋残。“菊花开，菊花残。雁已西飞人未还，一帘风月闲。”（邓肃《长相思令》）这样的冷清寂寞，自然比不上柳永那样追逐仕宦而不得的黯淡，但这似乎是宋代大部分文人的共同命运——“忍把浮名，换了浅斟低唱”（柳永《鹤冲天》）。也正因为如此，这个朝代最细腻的心思、最智慧的头脑都在花间辗转，他们将审美发挥到一种极致，反映到社会生活的各个层面。“槛菊愁烟兰泣露。罗幕轻寒，燕子双飞去。明月不谙离恨苦，斜光到晓穿朱户。　昨夜西风凋碧树。独上高楼，望尽天涯路。……”晏殊的这首《蝶恋花》可谓是悲秋离情之作的高峰，不仅是它情致哀婉又旷远辽阔，还因为它将汉语所能呈现的画面、温度、景深体现得炉火纯青，我们既能从那清寒小楼、兰菊之间体会那离恨之苦，也能从明月泠泠、碧树凋残中感受这人间的寂寥。但我们的眼并没有随词的结束在茫茫远处停下来，我们仿佛穿过小楼、朱户看到了一个朝代的内核——它有兰菊共芬芳的盛大和雅俗共赏，也有燕子双飞、明月成环的喜乐，但它们捧着秋天般微凉的心房。那是看过了天涯繁华，也明了人世深处苍凉的心房，王朝会衰落，人群有聚散，花开终有花谢，有什么会是永恒呢？除了美，以及人心对美的眷恋和渴慕。

“呼老伴，共秋光。黄花何处避重阳？要知烂熳开时节，直待西风一夜霜。”（辛弃疾《鹧鸪天·寻菊花无有戏作》）既然世事不能顺意，不如与老妻寻菊，而这菊花要遍开，还要等待一夜风霜过呢。这是对菊花傲霜品格的侧写，也未尝不是自勉。也许人生还有更加深重的寒冷和风霜侵袭啊，无论是在那城池的花圃中还是偏安一隅的山野之地，都要像菊花一样仰头绽放。无独有偶，“宁可抱香枝头老，不随黄叶舞秋风”，这是南宋女词人朱淑真的卓然巾帼气——如此骄傲决绝的菊花，一个如花的女子在霜雪倾轧的零落命途中发出了这样的琤琮之声。宋朝，还真是一个了不起的时代呢。

琼花：古来好物难为伴

能看到它迎春风绽放是人生之幸事，但过于美好的事物总是难长相伴，它就像生命中绚烂的焰火，它耀眼的光芒反而映衬了更广大的空寂与黯淡。

世间好物多半以稀为贵，假如一种花享有“东风万木竞纷华，天下无双独此花”（刘敞《无双亭观琼花赠圣民》）的美誉，那必然是要被人奉为圭臬的。琼花，这集神秘来历与难以复制的珍异于一体的乳白色花卉，是扬州的“特产”。相传隋炀帝听闻琼花盛名，遂下令修建大运河以便乘龙舟南下抵扬州赏花。故事如果只到这里，那么我们只能去想象琼花惊为仙葩的姿容以及感叹隋炀帝这个为了寻欢作乐劳民伤财的昏君。所以故事说，炀帝正待赏花，突然风云变色、狂风大作，琼花瞬间香消玉殒，纷纷从枝头谢落。隋炀帝大怒，命人将琼花树砍去。我想，这当然是后人的附会，中国民间这样的故事千万个，但不得不说历代世人都愿意为这样的故事添薪一把，为了表达对琼花这样不附庸权贵、甘愿殒命的气节的激赏，也为了表达对隋炀帝这样荒淫无度的统治者的曲折的反抗。

于是，琼花的美，不仅仅停留在它独特的形色状貌上，更在于它不驯服、不媚俗的桀骜风骨——这太符合宋代文人的心性气质了，他们惯看万紫千红的亭苑、宫阁、郊野之花，唯有这不为权贵所动的皎洁飞琼让人钦慕，更何况它“何人斫却依然在，甚处移来不肯开”（王洋《琼花》），

据说宋时仁宗和孝宗都曾将琼花从扬州移栽到皇宫深院，但它却郁郁而枯；将它迁回扬州，它才吐枝露蕊。所以，琼花被人们认为是有灵性、有情感的花，“蕃釐观里琼花树，天地中间第一花”（王月浦《琼花》），

这样的花可谓是天地造化、举世无双了。欧阳修在扬州任太守时，在这传说中琼花旁修建了“无双亭”，这算是为这独步天下的白花封冠加冕，昭示天下了。这样的尊崇，千古百花难及，但琼花到底有多美呢？即使在路上交通较之过去发达的宋代，运河水上也可到扬州，但也不是人人可以赏其芳姿。好在词人们不厌其烦地书写了它的非凡容颜：“弄玉轻盈，飞琼淡泞，袜尘步下迷楼。试新妆才了，炷沉水香毬。记晓剪、春冰驰送，金瓶露湿，缇骑新流。甚天中月色，被风吹梦南州。”（郑觉斋《扬州慢·琼花》）怎么形容这弄玉飞琼之花的轻盈曼妙呢？只能将其比作新妆出尘的翩翩仙女。还记得那快马加鞭的护卫飞驰送往行宫供隋炀帝赏玩的琼花，是带着晨露剪下插在金瓶中的。这从侧面复述了隋炀帝不能在扬州看到琼花的故事，也写出了琼花之珍奇。不过郑觉斋笔下的琼花到底还是太飘忽了，美则美矣，怎么个美法也只能靠想象和瞎蒙。倒是词人赵以夫得到友人折枝相赠的琼花后，召集友客雅聚咏赏而作的《扬州慢》序言中直白地描绘了琼花的模样：“琼花大而瓣厚，其色淡黄，聚八仙花小而瓣薄，其色微青，不同者一也。琼花叶柔而莹泽，聚八仙叶粗而有芒，不同者二也。琼花蕊与花平，不结子而香，聚八仙蕊低于花，结子而不香，不同者三也。”琼花的花瓣厚实，色泽不是单纯的笨白，同时它的花瓣、花色、叶片、花蕊均区别于聚八仙花。赵以夫这一段描绘也成为了后世考据真品琼花与今天我们在江苏一带看到的荚蒾属绣球荚蒾到底是否同一种植物的重要依据。也有人认为在宋亡国之后琼花随之死去，后世看到的聚八仙实际上非那独一无二的无双之花。

如此说来，好想穿越到宋代去一睹那扬州无双亭旁的琼花真容，它应该还是与聚八仙有丝丝缕缕的相似和联系吧？那些得见过琼花本尊的人真是幸运呢，“古来好物难为伴。只琼花一种，传来仙苑。独许扬州作珍产。便胜了、千千万万。又却待、东风吹绽。自昔闻名今见面。数归期、屈指家山晚。归去说，也稀罕”（马子严《贺新郎》）。闻名天下终得一见，这扬州的珍产、世间的稀罕物，见了却又添了几分感伤：古来好物难为伴。就像这琼花，千里迢迢赶来看它的人，哪怕贵为天子人臣，都不过是它的过客。能看到它迎春风绽放是人生之幸事，但过于美好的事物总是难长相伴，它就像生命中绚烂的焰火，它耀眼的光芒反而映衬了更广大的空寂与黯淡。见识过绚烂的人便无法始终屈身于黑暗中，这遭际究竟是幸还是不幸？就如美国诗人艾米莉·狄金森所说的：“我本来可以忍受黑暗，如果没有见过太阳。”如果我没有亲眼见到原本在仙苑生长的琼花，是不是不会那么强烈地感到“古来好物难为伴”呢？然而，“花知此恨年年有”（向子谭《虞美人》），琼花知道，那为看花不惜大动干戈的亡国之君会有，那折枝相赠的赏心乐事会有，那因美而怅然若失的人会有……这些不过是年年相似的人间啊。

记得多年前我在江苏境内闲游，正值聚八仙花盛时节，虽然我对它“举世无双”的地位略有迟疑，但那一树树白蝶般蹁跹的花朵还是深深打动了我。大运河就在不远处静静流动，上面还有船只穿梭，这条河流上有过血泪，也有过繁华。那历史的功过兴衰，我们又怎样用一种全新的眼光去看待它们呢？正如今天的扬州人纷纷告诉我那白如皑雪的绣球荚蒾就是他们引以为傲的市花琼花的时候，当那些珍珠白闪烁在大运河的两岸，岁月的波光粼粼反射于南来北往熙熙攘攘的陆路水路之上，谁又会为“聚八仙是不是真琼花”去引经据典非要争个面红耳赤呢？好物难为伴啊，还是怜取眼前景致，且共从容吧。

杨花：点点是离人泪

我这个浪迹天涯的游子，就像年年随风飞散的杨花，我不知道能够像哪一泓水托付我的乡思，也不知道家中的萍絮能否感受到我的心事。

说来惭愧，幼时我并不知道古诗词里到处飘飞的“杨花”就是柳絮。当年坐在教室里，口中诵读着“春风不解禁杨花，蒙蒙乱扑行人面”（晏殊《踏莎行》），眼睛却望着窗外，学校池塘边纷乱的垂柳正睡眼惺忪，年轻美丽的女教师绕过柳树走向操场，那正在乱飞的柳絮惹得她连打喷嚏。柳絮恼人，让人在大好春光里犯了过敏症。我不知道同样烦恼着古人们的杨花，正是它。

我就在诸多诗词里逢着杨花，也在众多街口、水岸遇见柳絮飞扬，却不曾将二者联系起来；我总以为杨花是一种我没有见过的北方高大乔木的白色花絮——虽然我也不知道这个印象是从何而来的。直到某次我再读书写杨花最著名的篇章之一，苏轼的《水龙吟·次韵章质夫杨花词》：“不恨此花飞尽，恨西园、落红难缀。晓来雨过，遗踪何在？一池萍碎。春色三分，二分尘土，一分流水。细看来，不是杨花，点点是离人泪。”我突然觉得这园中池塘边的杨花飘飞真有点像我小时候校园里的春时垂柳。这时，我才有了真正意义上的“知其然，知其所以然”，我终于知道了杨花就是柳絮，苏轼用的是柳絮入水化为浮萍的典故，而他在《再次韵曾仲锡荔支》一诗中自注解释了这个典故：“柳至易成，飞絮落水中，经宿即为浮萍。”经过漫长时日，我终于把杨花和柳絮统一到了一起，这“似花还似非花，也无人惜从教坠”的软絮，竟在中国人心上飘飞了几千年。杨柳，在中国古人那里，一直是惜别、挽留、依依惜别的寄托。杨花无根无

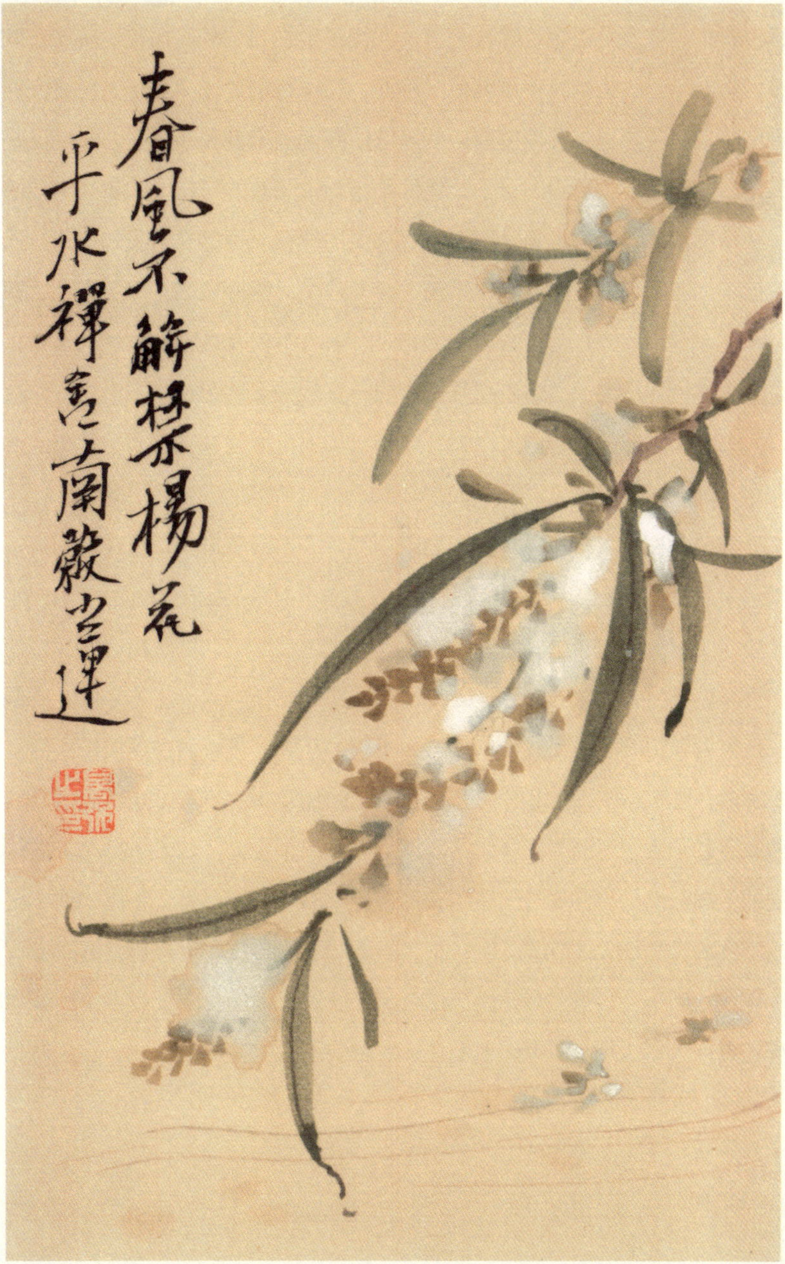

垠，又在伤春之时飞舞，便是离人之叹了。“春悄悄，夜迢迢。碧云天共楚宫遥。梦魂惯得无拘检，又踏杨花过谢桥。”（晏几道《鹧鸪天》）春风拂面的晚上，有欢聚也有送别，有坏人也有思忆。这空阔夜幕下，“小令尊前见玉箫，银灯一曲太妖娆”，歌声的余音袅袅，和着杨花飞絮，又冷清又让人遐思连绵。

杨花入水化作浮萍，也许不过是一种诗意的形容，皆因飞絮和浮萍一样没有根，在水上浮沉，随波逐流。“樊子唤春归。梦逐杨花满院飞。吹过西家人不见，依依。萍点荷钱又满池。”（吕渭老《南乡子》）春又回到庭院，池中漂满了浮萍柳絮，梦里依依眷恋的家乡和亲人啊，一别又是经年。我这个浪迹天涯的游子，就像年年随风飞散的杨花，我不知道能够像哪一泓水托付我的乡思，也不知道家中的萍絮能否感受到我的心事。这哀而不伤的愁绪，与《诗经》中的“昔我往矣，杨柳依依；今我来兮，雨雪霏霏”遥相呼应，与过去时代的先民，宋人不仅有血脉的传承与延续，也有精神世界的共通，仿若那依依杨柳一直从先秦枯荣到了宋时人家。这中间多少雨雪霏霏，穿门过户，“过尽韶华不可添”，唯有“杨花缭乱拂珠帘”（欧阳修《定风波》）。

灞桥折柳的人，应该是在春后赠别吧，“杨柳多短枝，短枝多别离。赠远累攀折，柔条安得垂”（唐孟郊《折杨柳》）。待到“细算浮生千万绪”（晏殊《木兰花》）的宋时，人们不仅扩大了杨柳的离别、相思、悼亡伤古之意，还将杨花飞时的那些更绵密更细微的感怀垂入历史的水面。“似东风老大，那复有、当时风气。有情不收，江山身是寄。浩荡何世？但忆临官道，暂来不住，便出门千里。痴心指望回风坠。扇底相逢，钗头微缀。他家万条千缕，解遮亭障驿，不隔江水。”（彭元逊《六丑·杨花》）这词的上阕依然是身世如寄的感喟，那杨柳岸的牵挂和渴望，和历代的异客是一致的。就如幼时不识杨花一样，恕我孤陋寡闻，要不是因为杨花词章，也许我永远不会识得“彭元逊”这个名字。关于他的生平记载很少，就如杨花点点，蜻蜓点水般记述他曾在宋亡国前十八年参加过解试，至于他有无做过什么小官、曾在哪些地方辗转都已无迹可寻。难怪这首词弥漫着一种挥之不去的沉痛和无奈，明显区别于一般的游子的低回哀愁。也许是作者在国破家亡的颠簸之中，看到了春风又绿江岸，自己和这个朝代的所有遗民却成了风中之絮，再也没有归根的可能。

像彭元逊这样的名字在《全宋词》中随处可拾，他们的身世来历模糊，他们流传于后世的作品也寥寥，他们生命中最精华的部分、他们身世中最凝练的感情都在一阕阕词中流传，他们让我们看见了高大翻毛的杨柳，也望见水上零星、颓败的飞絮。因为词的光辉，他们的名字也如杨花轻盈，飘飞于浩瀚、灿烂的宋代星河之中。我感谢这些人，他们用生命的华章让一个朝代变得流光溢彩，让我们这些后人在千百年后依然能在一场春风、一场雨雪中走近他们，仿佛伸出手去，就能接过他们赠我们的那一枝杨柳。

瑞香：水沈熏骨晚风来

香气弥漫的夜晚，风清雨霁。然而，良辰美景虚设，香气越沉越显出夜的空旷、人的寂寥，隐约的还有一点点情欲的味道——要知道，这是名为『紫风流』的香气啊！

宋人爱花还是很有名堂的，他们不仅种花、赏花、插花，每逢春日还有盛大的“花朝节”。不过这些都不算什么，其他朝代歌舞升平时也能得见。最有意思的是，在宋代，头上簪花不是女性的专利，男人也竞相簪花。据史载，宋徽宗每次出游回宫，都是“御裹小帽，簪花，乘马”；宋真宗时期，簪花兹事体大，甚至上升到了国家仪制的程度，什么身份级别该戴什么样的花都是有明文规定的。“芍药牡丹蔷薇朵，都向千官帽上开”（杨万里），所以在宋代，花不仅是美的语言，还是社会阶层的象征。宋人也热衷于给花排“座次”，在著名的《花经》中，被宋人垂爱的花分出了“九品九命”，这其中有中国传统的名花，也有名不见经传、其他世代也极少投之以青眼的冷僻花卉。就是在宋人心中贵为“一品花”的阵营中，也有一种不太常见的花——紫风流，也就是瑞香。

宋初陶穀的《清异录》有这样的记载：“庐山瑞香花，始缘一比丘昼寝磐石上，梦中闻花香酷烈。及觉，求得之，因名睡香。四方奇之，谓为花中祥瑞，遂名瑞香。”能把僧人从熟睡中香醒的植物，那气味恐怕非俗常花卉能比，“酷烈”二字甚合其味。北宋的僧人惠洪在《次韵真觉大师瑞香花》一诗中写道：“浅色映华堂，清寒熏夜香。应持燕尾剪，

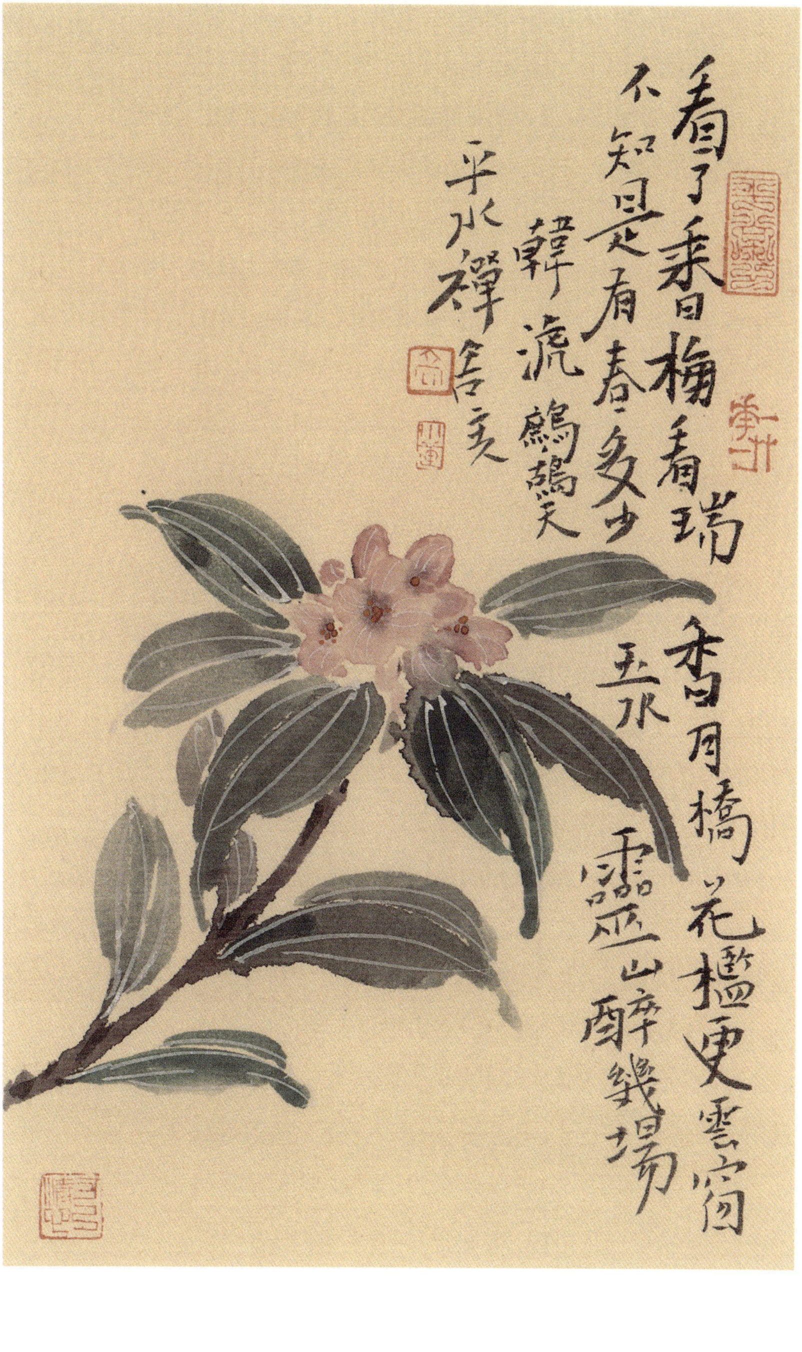

破此麝脐囊。”说的是瑞香花的香气像剪破了麝香香囊，这近似动物性的香气，与其说使瑞香从众花中脱颖而出，不如说它的香气带着一种“冒犯”，将它送上了宋人的云端。

“护雨烘晴，紫云缥缈来深院。晚寒谁见。红杏梢头怨。绝代佳人，万里沉香殿。光风转。梦余千片。犹恨相逢浅。”（赵彦端《点绛唇·瑞香》）这写的是宋词中常见的闺阁之怨、深院中的郁郁寡欢，紫云沉香说的就是瑞香盛开的香气弥漫。瑞香又名沈丁花，不仅因为瑞香花开时形似紫丁香；“沈”通“沉”，瑞香的香气往“酷烈”说就是麝香之味，往“幽谧”说就是沉香之气。在深闺庭院中，瑞香似紫云缥缈，这缥缈不仅是它的色泽，更多的是它那浓得化不开的香气。瑞香还有一个别名——锦熏笼，就像屋子里熏香的香笼特意点燃的沉香。香气弥漫的夜晚，风清雨霁。然而，良辰美景虚设，香气越沉越显出夜的空旷、人的寂寥，隐约的还有一点点情欲的味道——要知道，这是名为“紫风流”的香气啊，这样具有攻击性的充满了动物性的荷尔蒙味道的香味也只有世俗审美高度发达而宽容的宋人能将其奉为极品了。

不过，瑞香的花期也让它荣膺一品。“看了香梅看瑞香。月桥花槛更云窗”（韩淲《鹧鸪天》），梅花开后的大寒时分，瑞香凌雪开放了，那浓烈的香气毫不露怯更无惧色，像是对严冬的一种对抗。与之相映成趣的是，瑞香的英文名是 winter daphne，英文名更加直接地点出了花开的时令 winter。“东风冷落旧梅台。犹喜山花拂面开。绀色梁衣春意静，水沉熏骨晚风来”（程垓《瑞鹧鸪·瑞香》），在萧瑟冷清的时节有一树异香袭人，宋人将其视为祥瑞之兆。“真是花中瑞，本朝名始闻。江南一梦后，天下仰清芬”，宋人王十朋的诗一则说明了宋时瑞香赋得盛名，二是将瑞香夺人的香气称为“清芬”，不得不说，宋人品花的口味还挺重的呢。不过，这也流露出宋人热爱世俗生活的一面，他们发掘了无数被冷落在山野或深苑的花花草草，赋予它们新的品性和格调，让它们流光溢彩光焰万丈，闪耀在人们日常生活的周遭。

“买断春光与晓晴，幽香逸艳独婷婷。齐开忽作栾枝锦，未坼犹疑紫素馨。绝爱小花和月露，折将一朵篸银瓶。今年偶忆年时句，倦倚雕栏酒半醒。”杨万里的这首《瑞香》可谓把瑞香写得柔美可亲又娴雅动人，若不是题目是“瑞香”，几乎看不出来写的是这种夺人傲娇之花。所以，有时我就会想，什么花也许并不重要，重要的是要有花啊。在梅花业已凋残、牡丹暂未吐蕊的冬末春初，瑞香腾空而来，真是让一日不可无花的宋人喜上眉梢啊。“青锦成帷瑞香浓。雅称小帘栊。主人好事，金杯留客，共倚春风”，（朱敦儒《眼儿媚・席上瑞香》），美事当头，若无花便少了很多雅趣，何况瑞香一枝省却了熏香之烦琐。在宋之前，瑞香只是普通的荒野之花，默默无闻，香气也不曾弥漫于宫苑庭园之中。而在苏轼笔下它就是宫廷之花，“厌从年少追新赏，闲对宫花识旧香”（《刁景纯赏瑞香花忆先朝侍宴次韵》），这足可以说明宋人的宫苑屋舍的花期是没有空当的，前人不曾赏看的花，在他们这里都得到了足够的珍视，他们把花引为“殊友”“佳客”……这样的情愫也是后世无法超越的。

瑞香的时代也独独停留在了宋朝。“他花闻其香辄萎死”，瑞香的香气突兀，被后来人认为可以杀死群芳，被打入了“花贼”的禁宫。特别是清代李渔认为它“同列群芳之中，即有朋侪之义，不能相资相益，而反祟之，非小人而何”？它的香气曾让它直上青云，又让它跌落尘土，背负了“花之小人”的恶名。然而，花姿未改，香气如故，变化的不过是世道人心。瑞香的黄金时代停留在了群芳潋滟的宋代。“最是午窗初睡醒，熏笼赢得梦魂香”（朱淑真），宋人的梦应该是历代最旖旎最香艳又最寂寥最空旷的梦吧，毕竟他们是戴得了牡丹种得了荼蘼，也闻得了瑞香的一群人啊。

红蓼：红蓼一湾纹缬乱

蓼花是乡野之花，是未被豢养的民间风物。常与蒲草、芦苇、荻花结伴而生的蓼花似乎就是人们的布衣之交了；在独自行舟、羁旅赶赴时它在沿途轻轻摇曳，慰藉着人心。

红蓼，在我儿时的记忆里是一蓬蓬生命力旺盛的杂草，在水间湿地很容易得见。特别是秋风起时，水沼上浮着大片大片的蓼花，因为稀松平常便不觉得它是一道风景。割一把红白色的花穗下来，闻得见一种辛辣的味道。正是这辛辣之味，似乎红蓼并不在牲畜们最热衷的食谱上。不过传统的酿酒人却喜欢它这股辛辣，人们把它称为“酒曲花”，摘下那红白色的花穗，将糯米、甘草等原料糅合在一起，舂碎、发酵而成酒曲。这种传统的酿造方法至今还在传承，而红蓼这种植物早在《诗经》中就开始流传，那时它有一个优美、骄傲的名字——游龙。“山有乔松，隰有游龙”（《诗经·郑风·山有扶苏》），高山上长着松树，低洼的湿地里开满红蓼。红蓼出现在《诗经》中，是一个恋人相见欢快调笑的场景，这时候的红蓼还未被作为酒曲，不过女子口吻戏谑的调侃“不见子充，乃见狡童”，倒是有几分蓼花的直爽泼辣。

待蓼花开过众多朝代，来到宋人的水溪泽畔，就真真进入了冷落清秋节。“红蓼花繁，黄芦叶乱，夜深玉露初零。霁天空阔，云淡楚江清。独棹孤篷小艇，悠悠过、烟渚沙汀。金钩细，丝纶慢卷，牵动一潭星。”（秦观《满庭芳》）这是“抒情圣手”秦观的秋夜，最动人是那“一潭星”，衬得那一江繁茂的蓼花也孤清冷寂。下阕“饮罢不妨醉卧，尘劳事，有耳谁听”，说明这是夜泊酒醒后的思忆。轻舟掠过蓼花芦叶，这烟波浩渺的水域，这如浮萍般的浪迹，人生苍茫浩荡，只有“清风皓月，相与忘形”时的物我两忘稍慰吾心。与秦观这首词相似的情境和思绪也在词人张孝祥笔下出现过：“行尽潇湘到洞庭。楚天阔处数峰青。旗梢不动晚波平。　红蓼一湾纹缬乱，白鱼双尾玉刀明。夜凉船影浸疏星。”这首《浣溪沙·洞庭》是张孝祥在宋孝宗乾道四年（1168年），由知潭州（今湖南长沙）调任知荆南（荆州，今湖北江陵）兼荆湖北路安抚使的旅途中所作。他沿湘江入洞庭湖，这一路是楚地水路的风景，是经历过谏官被劾、罢任再复归的心情。“红蓼一湾纹缬乱”，人生不过是这一湾红蓼啊，风波雨浪、朗月疏星，都让它的花叶茁壮或零落。当波云翻滚的际遇过去，人生便是“旗梢不动晚波平”的沉静与镇定。秋之况味是复杂的，是秦观笔下形单形只的浪游，是独我一人的寂寥与自我和解，更是张孝祥那种千帆过尽、我自行舟的从容与接纳——接纳旅途中的风浪，接纳水纹倒影的幻境，接纳“我”在青山绿水过处那些心不甘、意难平的时刻。正如蓼花之味，它在山野水域寂寂开放，偶尔有人采摘它，也许它在无数季节的枯荣中都无人问津，它的繁华辛辣、内心的旋涡和风暴都是独自完成。

蓼花是乡野之花，是未被豢养的民间风物。

常与蒲草、芦苇、荻花结伴而生的蓼花似乎就是人们的布衣之交了；在独自行舟、羁旅赶赴时它在沿途轻轻摇曳，慰藉着人心。“红蓼丹枫，黄芦白竹，总胜春桃李。浮丘何在，与君共跨琴鲤。”（侯置《念奴娇·和王圣俞》）秋日的红花红叶，也堪比春日的桃李艳丽啊。这是“落日孤云烟渚净，鸥没澄波心里”的清秋光影里与友人的酬唱。“须信闲少忙多，壶觞并赋咏，莫辜云水”，人生匆促，闲暇相聚的时分总是短暂，但这秋色怡人，莫要辜负这岁时的赠予。而今，我与君共此曲水流觞，且珍惜这心意相通的时辰吧。这种“别时容易见时难”的殷切情意和复杂感触并非宋人独有，红蓼的花穗也不独独在寻常百姓人家成熟至老辣。北宋艺术成就颇高的帝王宋徽宗就细致描绘过红蓼，他那幅《红蓼白鹅图》极为写实地描绘了一只白鹅停栖在河岸边，一株枝叶繁茂的红蓼顶着粉白的花穗，与白色的大鹅相映成趣。这位善画仙鹤的帝王，也画肥硕的白鹅；画清癯的松竹，也画低矮的红蓼。他一生推崇道家思想；道法自然，他的画笔所到之处体现了他对自然的兴趣和情致。蓼花也因这皇室的手笔中少了些许萧瑟的秋意。

“灼灼有芳艳，本生江汉滨。临风轻笑久，隔浦淡妆新。白鹭烟中客，红蕖水上邻。无香结珠穗，秋露浥罗巾。”同是生活在北宋的诗人梅尧臣，在这首名为《水荭》的诗中谈笑晏晏。这江汉之滨的红蓼白鹭，汀州白鹭，是明快的、鲜丽的。这位病逝于59岁的诗人一生仕途坎坷，但诗名极盛。《水荭》中几乎看不见他的命途多舛与怨愤，也看不到他的名篇《汝坟贫女》那样对世人的同情对时事的关切。这也许是他人生中难得的高亢、愉悦的时分，也应该是淡看生世沉浮后的澄澈和“轻笑”。这样的秋日也是宋人的秋日，这样的红蓼也是宋人的红蓼，它自得其乐、自足圆满，平静安然地生活在河流、江海之畔。它也是充满韧劲的植物，只要有水和光照，就能灼灼芳华，布满江岸。

突然想到，宋人的词、画中似乎还不见红蓼作为酒曲的迹象。那时的人们面对红蓼点缀的秋景是离思是愁绪是单纯的审美，但那还被作为实用功能采摘下的花穗，已然让他们沉醉了几百年。

枫叶：半江枫叶自黄昏

据说他将自己的山中住所命名为『万叠云』——真是一个好名字！枫叶红时，坐看云起，万叠云涌，只不过是如雁群过境。

几年前的一个仲秋，沿着太行山东麓行进，一路天高云淡，不知今夕何夕。日暮中看峰峦如簇、杂树霜染，远远近近的山岭正流淌出一年之中最丰富、浓郁多彩的色泽。蓦然想起两句宋词——“秋容更兼残日，枫叶照人丹”，却一下子想不起出自哪位方家的手笔。也是，这不是写丹枫最著名、最深入人心的词句，更何况这层林尽染的美与哀愁在历代文人那里总是被一咏再咏，小小的枫叶承载了多少人的相思与寂寥，镌刻下了多少代人的乡愁与别恨？

太行山秋日的纹理已然不是那“停车坐爱枫林晚，霜叶红于二月花”（杜牧《山行》）的静美、轻盈，它以一种苍茫晚景似的回光返照强烈地撞击着我的视域和心灵。我也追溯到了那首词的出处——“远山重叠乱山盘。江上晚风酸。秋容更兼残日，枫叶照人丹。　书未到，梦犹闲。鬓先斑。凭高无语，征雁知愁，声断云间。”（《诉衷情》）这首词的作者叫作方千里，生卒年不详，生前也许寂寂无名，史册上对他的记载也是寥寥。这样一首词，这样一个词人，就像是浩瀚秋日中的一片红枫，说它如何明艳动人，也不过隐入山林杳杳无迹。

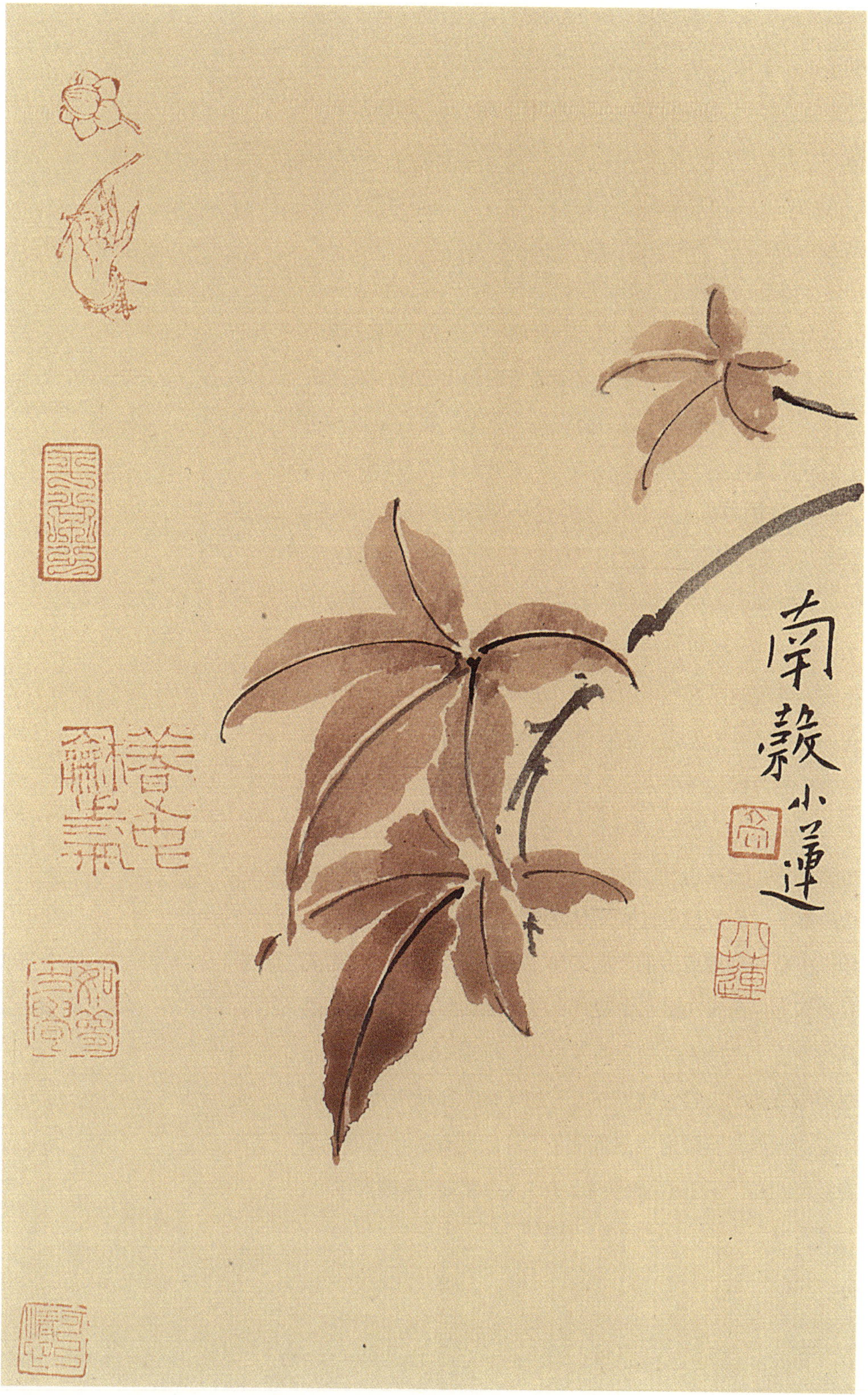
南蕤
小蓮

然而，宋人的枫叶历经了前朝数代的霜雪，愈发地厚重了。“伤怀离抱，天若有情天亦老。此意如何？细似轻丝渺似波。　　扁舟岸侧，枫叶荻花秋索索。细想前欢，须著人间比梦间。”（欧阳修《减字木兰花》）“天若有情天亦老”是唐代诗人李贺在因病辞官途中所作的《金铜仙人辞汉歌》中的名句，这句诗实在具有杀伤力，包含着“天地不仁以万物为刍狗”的诘问，也包含着人世无常、人生无奈如沧海之一粟的命运感。后世诸多文人都直接取用或化用这句诗，欧阳修也毫不客气地用这句诗表达了离别的伤怀。“黯然销魂者，唯别而已矣”，无论是官至翰林学士的欧阳修还是坎坷早逝的李贺，或者是不知身处何方的方千里，他们面对人生中的生离死别，无奈和哀伤是一样的。枫叶在他们各自的秋天红透，荻花萧瑟。也许，他们都有过扁舟岸侧的时刻，他们是否孤身一人？他们都在想些什么呢？是远大前程，是逝去的光阴，还是此去再不会相见的人？当我站在太行山山麓茫茫的秋景之中，我感到了现代的相见别离比起古人的行旅实在是太轻了。在那山水难以相逢的古代，一个人与另一个人拱手作别，也许就是一生不得再见。当代诗人翟永明曾有一首叫作《在古代》的诗，里面写道：“在古代，青山严格地存在，/当绿水醉倒在他的脚下，/我们只不过抱一抱拳，彼此/就知道后会有期”。她说的是一种理想中的“义”和“信”，而在古代，人们在严格存在的青山绿水中跋涉，从此地到彼地也许就要消耗大半生，在那未知的际遇和艰难的行程中，人们感触最深的应该是“天若有情天亦老”的无奈。在那不可能一日千里的世界，有时抱一抱拳就是永诀。只有枫叶为信，荻花报秋，在严格的时序轮转中，在“人生忽如寄”的飘零中，“算多少悲秋恨，恨比秋多，比秋犹少”。

——这是另一片“枫叶”陈允平的悲恨。这位词人一生大约留下了两百首诗词，他虽出生于官宦之家，又历经过短暂的屡次出仕和牢狱之灾，然而具体的生卒年不详，后世对他最深刻的了解似乎来源于他留下的词句。“碧天如水，新蟾挂、修眉初画云表。半江枫叶自黄昏，深院砧声悄。渐凉蝶、残花梦晓。”（《霜叶飞》）秋日如洗，深院中传来的砧衣声可是儿时的记忆？枫叶飘落，又是一年光阴倏忽而过，多少新愁旧恨涌上心头，这是“伤春悲秋”的传统之赓续，也是个人对生命的体认。读宋词时，总会感到这一朝代的人心智成熟、悟性极高。他们由衷地热爱生命，用最纤细的神经感受、体察和领悟着自然、人生的真谛。他们的心就像一片片红得发亮的枫叶，在时代的密林里映照着成熟之光。就像词人陈允平，他有过富足的童年，屡试不第的青年，仕途不显并未消铿他的意气，反而为他打开了云游的如水碧天。只不过，这还不是他的秋天，当他第三次返回仕途，因仇家告发而锒铛入狱。人生至此，“残花梦晓”，那些少年壮怀在风霜施洗后终于有了老辣的底色，他随之隐入山林，不问世事。据说他将自己的山中住所命名为“万叠云”——真是一个好名字！枫叶红时，坐看云起，万叠云涌，只不过是如雁群过境。这似乎已经是一个中国旧式文人最好的结局，在经历了该经历的之后顿悟了，在顿悟后还能够保全自己。那漫山的红叶在这种“遁世”中有了禅意，至于他如何消隐于万叠云中，这是他留给后世的一个谜。

“碧山对晚汀洲冷，枫叶芦根。日落波平。愁损辞乡去国人。”（朱敦儒《采桑子·彭浪矶》）这样的去国离恨不再属于陈允平，它也许属于那千千万万个生平不详的“方千里”，也属于那胸怀经世致用的欧阳修们，但是他们都在丹枫暮晚中感到了一个世代正在落幕，它曾倾其绚烂和热忱，将江河之上、山川之上的蛮荒全部点燃。这样的秋天，已经让后人赞叹不已，纵有遗恨，就让它们留在树树如烛的枫林中吧。

柳树：都是江南旧相识

而在宋人心上，杨柳不仅是伤春、惜别、挽留、珍重之意，更是一位旧时相识，它用那柳絮飞舞的迷蒙、那柳条垂落的柔情托举他们最真切的情思。

“一年春物，唯梅柳间意味最深”，这是词人李元膺《洞仙歌》小序的开篇之语。他在词中如何描述庭院景致、春光游冶倒是不足为奇，倒是这“意味最深”便足以说明梅发柳继、冬尽春来的物候，它们是如何潜入人们的内心世界。特别是在历代文人的凝望和反复描摹中，柳树经历了漫长的“人格化”之后，在宋代，它获得了丰满的形象。

“晓色云开，春随人意，骤雨才过还晴……东风里，朱门映柳，低按小秦筝”（秦观《满庭芳》），这是春来柳先知，朱门绿柳，自是春日里最中国风的景致。“记长楸走马，雕弓搾柳，前事休评”（姚云文《紫萸香慢·近重阳》），这是秋日怀古，想起以箭射柳的前尘往事，遗恨连连。“楼前绿暗分携路，一丝柳，一寸柔情”（吴文英《风入松》）这是伤春的别离之词，延续着古人临别时折柳相赠的习俗……滥觞于《诗经》中依依惜别的杨柳意象，在唐诗宋词中已高度发展并完全定型。而在宋人心上，杨柳不仅是伤春、惜别、挽留、珍重之意，更是一位旧时相识，它用那柳絮飞舞的迷蒙、那柳条垂落的柔情托举他们最真切的情思。

“柳阴直，烟里丝丝弄碧。隋堤上，曾见几番，拂水飘绵送行色？登临

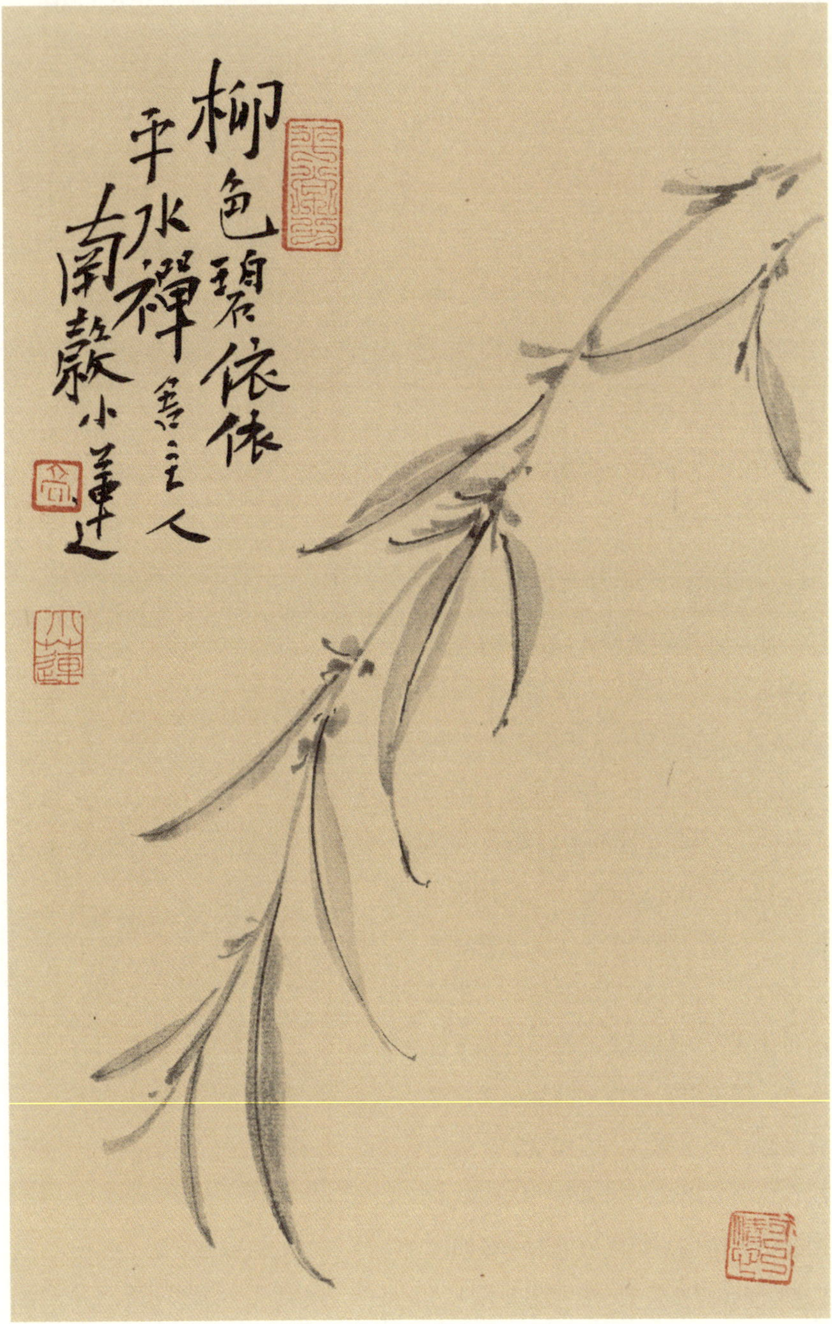

望故国，谁识京华倦客？长亭路，年去岁来，应折柔条过千尺……”这首词就叫作《兰陵王·柳》，看那隋堤之上，柳阴疏落，千丝万缕，春色年年如是。隋堤位于汴河故道，是隋炀帝杨广开凿大运河时兴建的，堤岸上遍植柳树，据说是供杨广乘龙舟游江南时观赏。“隋堤烟柳”是一道著名的风景，而词人周邦彦穿行于这烟柳中登高远眺，想起了故乡杭州。我客居京华，年年折柳赠那往来的过客，有谁知道我心中的思虑呢？“闲寻旧踪迹，又酒趁哀弦，灯照离席。梨花榆火催寒食。”又是一个举杯相送的筵席，寒食节气的微风吹拂，哀伤的音乐更添凉意。周邦彦是婉约词的集大成者，也是一位精通音律的词人，他曾于北宋司乐律的大晟府为官，他对“乐律”和“词曲”有着很高的造诣。这春日饯行的筵席上歌弦低哑，而“我”也无心细心，只因“沉思前事，似梦里，泪暗滴”。这里的柳已不是简单地与人赠别，更是身世的感怀、家国的沉思。如果是作别，便是与眼前人作别，与过去的岁月作别，与让人难以自持的“旧梦”和“故我”作别。周邦彦这首词看似单纯写柳，却写出了柳之复杂。隋堤之柳与故乡之柳，今年的柳与昨日的柳，我攀折的柳与他人手中的柳，有着怎样的相逢和交错？有着怎样的相通和歧路？也许柳就是我，我惯看京城繁华，也受尽人间寂寥，有欢愉的相聚，也有哀戚的飘零。这丝丝弄碧，是我不死的心绪，还在张望，还在渴望，还在等待暖和的春风。

距今6500万年到260万年是第三纪中新世，考古学家已经发现了那个时期的柳属植物的踪迹。这是中国的原生树种，也是人工栽培最早、分布范围最广的植物之一。在古老中国的大地上，这种植物在行道、堤岸、庭院、湖畔、街口门前……都予人清凉、捎来春色、替人垂泪挥别、为人叹息哀伤。它是人们身边亲近的故友，不管你身在南方还是朔北，无论你在水乡还是旱地，都能逢着它的碧色依依。“空城晓角，吹入垂杨陌。马上单衣寒恻恻。看尽鹅黄嫩绿，都是江南旧相识……”（姜夔《淡黄柳》）如作者在小序中所说，这首词是作者客居安徽合肥时“以纾客怀”之作。为何柳树正鹅黄嫩绿时，城却是空城？这是由于当时南宋朝廷偏安江南，金人入侵，江淮一带成为了边区。特别是符离之战后，百姓流离四散，巷陌凄凉。在这样的背景之中看到如江南故人般的柳色依依，词人是怀着怎样的沉痛心绪？全词弥漫着一种空旷的哀戚，如废墟荒城中的无可寄，但感觉姜夔在这满目疮痍中还是克制的，他在下阕写道：“正岑寂，明朝又寒食。强携酒，小桥宅。怕梨花落尽成秋色。燕燕飞来，问春何在，惟有池塘自碧。”又到了寒食节，只能勉强寻春遣怀，此处萧索，秋色是否也是如此雷同？而我那远在江南的故都，人们又是怎样游春赏柳？他们可会想见这边关的凄凉之景？这边地的柳，就像是江南音讯了，也许是因为它无声的安慰，姜夔没有沉溺在自伤和忧愤之中，他想到了家乡，想到了故人，想到了家国还待来日的春光。柳，也因为宋朝异常复杂的兴衰和宋人繁复、跌宕的命运，飘动着集庞杂思忆和寄托于一体的枝条。

当然，宋人的柳也有随风轻扬的轻盈时刻，“柳态纤柔，雪艳疏明。问人来、人道轻盈。”（晁补之《行香子》）这是春日的和煦面目，它也是人们所想往的温柔时分。怀抱着春回大地的欣喜在行路中柳风拂面，真好啊，这是故人，又仿若江南来客；是新鲜的渴念，又像远古的一种回声，但无论如何，它从未离开。

蜀葵：为君小摘蜀葵黄

唯有灼热的阳光下，蜀葵的花瓣才会呈现薄明、通透、有质感的美，像布满好看羽毛的翅膀，在夏日的罡风中轻轻抖动。

单从名字就可以窥见原产地的植物并不多见，蜀葵是难得的一种。蜀，是“噫吁嚱，危乎高哉！蜀道之难，难于上青天”（李白《蜀道难》）的蜀，也是“蜀道登天，一杯送、绣衣行客”（辛弃疾《满江红·送李正之提刑入蜀》）的蜀。这里不仅有难于登天的巍巍山峦，也有“花重锦官城”的鲜妍繁华。每每读到杜甫的《春夜喜雨》，我总是情不自禁地认为那堆叠在锦官城（今成都）的就是蜀葵花，虽然这色如锦绣、花朵如葵的植物总在夏季的艳阳下吐蕊。

蜀葵之远，早在汉代《尔雅》中就有“蜀葵，似葵，花似木槿花”的记录，它在中国的栽培史已有两千多年。六朝以后，不单是花重蜀地，日光充足、无水涝的其他地域栽培蜀葵花的风气也很盛，蜀葵行迹广阔，因其花大叶厚、花期很长，是上佳的观赏植物。蜀葵之艳，从其别名就可一睹其风华：一丈红、端午锦、侧金盏、龙船花、水芙蓉、栽秧花……有关于它花色的描绘，也有时令的记述，可见蜀葵在中国大地上到处开花。到了宋代，有个叫李嵩的画家有一幅传世之作——《花蓝图》（夏花），画的是正当季的花卉摆放于花篮中，这是一幅静物画，几朵粉白色的蜀葵占据了花篮的中间位置，很显然，至少在画家这里蜀葵被视为夏季的主花。虽然在给花“加冕封爵”的《花经》中蜀葵只列得“九品一命”，只能说明宋代百花齐放，宋人可赏的花太多了，而蜀葵在宋代栽种甚广，它早已成为一种平民之花。

“睡起风帘一派垂。失巢燕子傍人飞。日长深院委香泥。绿笋出林翻锦箨，红葵著雨褪胭脂。微风度竹入轻衣。”（赵长卿《浣溪沙·初夏》）初夏雨后，红色蜀葵花被雨打湿，胭脂红色的花瓣也许有些许的收敛，与翠绿的新竹相互映衬，更见美妙。人初醒，小院静寂，清风几缕，似有闲愁也被吹散了去，这是恬淡的初夏即景，也是宋人生活中岁月静好的“小确幸”“小清新”。它充满了画面感和温度感，仿佛能感到那一场雨水刚刚消去一场暑热，蜀葵不是绽开的盛时，却有另一种温柔和冷静。宋人赵长卿本是江西人氏，虽曾赴漕试，却未经仕途；虽然他的生平事迹不详，但从他大量的词作中可以看出他曾纵游山水、博览风物，他有诸多这样白描季节之景的词作，也可谓并未辜负那些岁时中的风月佳物和自然之美意。不知赵长卿是在哪里的初夏看见了红色蜀葵，也许是漫游途中的驿站，也许是某个清静亭苑，或者是作者的旧时宅院。在赵长卿的人生中，讥时诮世有时，愤懑不平有时，大部分时候也是在自然中在平民的生涯里得到了安顿，闲看蜀葵开，就似逢着故人了吧。

雨后的蜀葵很难真正展露它最绚烂的一面，唯有灼热的阳光下，蜀葵的花瓣才会呈现薄明、通透、有质感的美，像布满好看羽毛的翅膀，在夏日的罡风中轻轻抖动。这样热爱阳光的花，就像向日葵一样，随日头转过脸庞。在古人那里，这是忠心之志，即便是在赏物观花最单纯抒情的宋人那里，也有“红白青黄弄浅深，旌分幢列自成阴。但

疑承露矜殊色，谁识倾阳无二心”（杨巽斋《蜀葵》）这样的诗句。“更无柳絮因风起，惟有葵花向日倾。”（司马光《客中初夏》）

咏花明志，一心向阳，忠贞不贰；而这“忠”不是对泛泛的指称，就是“忠君”。很难想象吧？今人面对烈日下越开越艳的蜀葵时，应该是很难想出它那挺直的茎秆和娇妍的花盘还承载过“忠君”的意涵。可见，在历经漫长封建时代洗礼的古代中国，君君臣臣、忠君面圣是驻扎在人心的一朵向阳花。

“杏梁归燕双回首。黄蜀葵花开应候。画堂元是降生辰，玉盏更斟长命酒。　炉中百和添香兽。帘外青蛾回舞袖。此时红粉感恩人，拜向月宫千岁寿。”（晏殊《木兰花》）这首弥漫着祥瑞之气的祝寿词，写到了黄蜀葵花开，这是夏末秋初的时令，呼儿将出换美酒，这是和美喜庆的良辰。月色袅袅，香气氤氲，这不是简单的寿宴，很有可能是宫廷筵席。曾位居尚书的晏殊不知是向谁祝寿感恩（至少我目前还没有考证出），但这首词弥漫着宫室靡丽，也可见蜀葵花也为贵族王室的庭院带来了季节的消息，而这花间的消息也是喜乐的祝祷。清代陈淏子曾在园艺学专著《花镜》中称蜀葵“花生奇态，开如绣锦夺目”；如绣似锦的花确实是雅俗共赏，无论是在富贵人家还是贫瘠荒野，它都开得恣肆烂漫，给点阳光它就灿烂，真是不辜负一身好衣裳。

“弱质困夏永，奇姿苏晓凉。低昂黄金杯，照耀初日光……晨妆与午醉，其态含阴阳。君看此花枝，中有风露香”。苏轼的这首《黄葵》写出了它的贵丽，也写出了它在日华中的情态。词人是不是希望这夏日永驻，让这美丽的花朵常开不败？对了，这好看的花不仅可以看，还可以吃，中国古代民间一直有吃蜀葵嫩叶和花瓣的传统，在宋代高僧慧洪的《九月》诗中，也写过“卯饭露葵欣旋摘，夜窗风栗共尝新”，早上采来带露的蜀葵嫩叶作为菜蔬，看来蜀葵在宋代是很普通很常见的餐食。

“篘刍玉液，酿花光。来趁北窗凉。为君小摘蜀葵黄。一似嗅枝香。饮中仙，山中相。也道十分宫样。一般时候最宜尝。竹院月侵床。”（李弥逊《鹤冲天》）这清凉月色中的蜀葵似乎更有风韵，“为君小摘”，就这一个“小”字，便是宋人最纤细的心思了，恰似朦朦月下蜀葵花瓣上依稀可辨的脉络——那是关于时日的秘语，一个朝代的心情。

图书在版编目（CIP）数据

唯有梅花似故人：宋词植物记 / 冯娜著. -- 南昌：江西美术出版社，2019.10
（诗词里的草木风华）
ISBN 978-7-5480-7333-8

Ⅰ. ①唯… Ⅱ. ①冯… Ⅲ. ①宋词－诗词研究②植物－介绍－中国 Ⅳ. ①I207.23②Q94

中国版本图书馆CIP数据核字(2019)第197372号

出 品 人　周建森
责任编辑　李伍强　廖　鹏
责任印制　谭　勋
书籍设计　梅家强　朱　燕　胡文欣　先鋒設計

唯有梅花似故人
宋词植物记
冯娜 著　南毅小莲 绘

出　版：江西美术出版社
社　址：南昌市子安路66号
邮　编：330025
电　话：0791-86565770
网　址：www.jxfinearts.com
经　销：全国新华书店
印　刷：浙江海虹彩色印务有限公司
版　次：2019年10月第1版第1次印刷
开　本：710毫米×1000毫米　1/16
印　张：8.25
ISBN 978-7-5480-7333-8
定　价：59.00元